*A.C. Baantjer*



# De Cock
## *en de sluimerende dood*

*Fontein Paperback*

Eerste druk 1994
Zevende druk 1995

ISBN 90 261 0664 5

Omslagfoto: Maran Olthoff
Grafische verzorging: Studio Combo
Verspreiding voor België: Uitgeverij Westland nv, Schoten

# 1

Rechercheur De Cock van het aloude politiebureau aan de Amsterdamse Warmoesstraat steunde met zijn beide ellebogen op zijn bureau, vouwde zijn handen en toonde een blij gezicht. Zijn grijze ogen lachten vrolijk en de grillige accolades rond zijn mond dansten een samba van plezier.
'Nee, nee,' sprak hij hoofdschuddend, 'ik zie er niet tegenop om over twee jaar met pensioen te gaan. Integendeel. Ik beschouw de dag van mijn pensionering als een in het verschiet liggende bevrijdingsdag... een dag waarnaar ik verlangend uitzie. Eindelijk verlost van de almaar stijgende misdaad. Geen ingewikkelde puzzels meer. Geen gepieker over een mogelijke dader. Geen gezeur van een betweterige commissaris.'
De grijze speurder kwam iets overeind en zwaaide met zijn handen om zich heen naar de kale wanden van de recherchekamer en de defecte TL-lamp boven zijn hoofd. 'Ik zal dit niet missen.'
Rechercheur Vledder, de jeugdige assistent van De Cock, keek zijn oudere collega beteuterd aan. 'En mij?' vroeg hij met enige aarzeling. 'Zul je mij missen?'
De blijde expressie op het gezicht van De Cock veranderde. Hij knikte traag voor zich uit. 'Ik zal je missen, Dick,' sprak hij met een toon vol warmte. 'Ik zal je ongetwijfeld missen. De reeks onderzoeken die wij samen hebben gedaan... de soms hachelijke avonturen die wij samen hebben beleefd... het zijn blijvende kerven in mijn herinnering.'
De Cock staarde een tijdje peinzend voor zich uit.
'Ik weet nog,' vervolgde hij mijmerend, 'hoe mijn oude leermeester zich gedroeg op de dag dat hij de dienst met pensioen verliet. Toen ik als jong rechercheur aan de Warmoesstraat werd geplaatst, kreeg ik Gerbrand Langenbergh als mentor aangewezen. Een oude rot in het vak. Daar heb ik het bijzonder mee getroffen. Hij was groot, breed en sterk als een beer.'
De lippen van de grijze speurder krulden tot een glimlach.
'Gerbrand Langenbergh had een opvallend hoofd... glimmend en rond als een Edammer kaasje. De jongens van de penoze noemden hem De Bolle en bezagen hem met respect. Hij was een rechercheur van de oude stempel, eigenzinnig, sluw, doortastend en bang voor

niets en niemand. Ik kan je staaltjes van zijn moed vertellen, maar toen hij hier in deze kamer afscheid van mij nam, stond die boom van een vent te janken als een kind.'
Vledder boog zich iets naar voren.
'Heb je na zijn pensionering geen contact meer met hem onderhouden?'
De Cock spreidde zijn beide handen.
'In het begin wel,' antwoordde hij verontschuldigend. 'Maar hoe gaat het? Wij hebben geen beroep dat ons toestaat om lang met het verleden bezig te zijn. Oude relaties vervagen... verlopen.'
De grijze speurder liet zijn hoofd iets zakken.
'Van de week,' sprak hij somber, 'heb ik afscheid van hem genomen.'
Vledder fronste zijn wenkbrauwen.
'Was je op zijn begrafenis?'
De Cock schudde zijn hoofd.
'Zover is het niet... nog niet. Willemeintje, de oudste dochter van Gerbrand Langenbergh, belde mij een paar dagen geleden op en vertelde mij, dat haar vader ongeneeslijk ziek was... longkanker... en nog maar een korte tijd te leven had. Haar vader had de wens te kennen gegeven, dat hij mij... voor hij stierf... nog een keer wilde ontmoeten... praten over vroeger, toen de politie nog het recht handhaafde.'
Vledder vroeg verbaasd: 'En wat doen we dan nu?'
De Cock negeerde de opmerking.
'Ik kon dat verzoek moeilijk weigeren, maar ik had toch een bezwaard hart toen ik bij hem aanbelde. Tot mijn verbazing deed Langenbergh zelf open. In zijn dikke gewatteerde kamerjas leek hij nog iets. Hij was tot op het bot vermagerd. Van zijn bolle kaaskop was weinig meer over. Maar zijn ogen achter dikke brilleglazen glinsterden nog. In zijn kamer bij de haard gingen we tegenover elkaar zitten. Hij sprak heel openhartig over zijn naderende dood. Het beangstigde hem niet.'
'Een moedig man.'
De Cock knikte.
'Hij vertelde mij dat hij in een christelijk gezin was grootgebracht. Zijn moeder leefde met de bijbel op schoot. Zelf was hij nooit erg godsdienstig geweest, maar zijn geloof had hij behouden... zijn geloof in een hiernamaals... een hemel. Hij had vroeger over die

hemel nooit goed nagedacht, maar nu hij er zo dichtbij was, brandde hij van nieuwsgierigheid. "Wat weten wij van de hemel?" vroeg hij mij. "Niet veel. Daar is een poort en daar zijn stoeltjes, die je bij het leven kunt verdienen. Maar verder heb ik geen flauw idee hoe het er daar uitziet... hoe het daar gaat. Het is," ging hij met krakende stem verder, "net als toen jij voor het eerst aan de Warmoesstraat kwam. Je wist ook van toeten noch blazen. Ik wist het... liep er al wat jaartjes rond en heb je wegwijs gemaakt. Je bent geworden wat ik hoopte dat je zou worden... een speurneus van klasse." '
Vledder glimlachte.
'Dat wist hij?'
De Cock knikte.
'Hij had mijn carrière nauwlettend gevolgd... somde zaken op die ik met succes had behandeld.'
Vledder grinnikte.
'Eens politieman, altijd politieman.'
De Cock reageerde niet direct.
'Toen ik wilde opstaan om weg te gaan, legde Gerbrand Langenbergh vertrouwelijk zijn knokige linkerhand op mijn knie en wees met zijn andere hand omhoog. "Ik bekijk het daar wel... straks... zie wel wat er in de hemel op mij afkomt. En als jij... over tien, twintig jaar... daar boven aankomt... dat beloof ik je... dan sta ik bij de poort... om je net als toen... opnieuw wegwijs te maken." '
Vledder keek De Cock verwonderd aan.
'En dat meende hij?'
De Cock knikte nadrukkelijk.
'In alle ernst. Gerbrand Langenbergh was, zoals ik hem kende, een rechtlijnige en humorloze man. Grappen en grollen waren hem vreemd. Daarom... het trof me. Het was voor het eerst in mijn leven, dat iemand een serieus verband legde tussen de hemel en deze kale recherchekamer van het bureau Warmoesstraat.'
Vledder snoof.
'Het is maar waar en hoe je de hemel wilt bezien.' Hij keek op. 'Ga jij naar zijn begrafenis?'
'Absoluut.'
'Mag ik mee?'
De Cock keek hem argwanend aan.
'Jij hebt Gerbrand Langenbergh nooit gekend.'
Vledder schudde zijn hoofd.

'Maar misschien ga ik ooit nog eens in een hemel geloven.'
De Cock zocht naar een ondertoon van spot. Die was er niet.
Een tijdlang zwegen beiden. Boven het hoofd van de grijze speurder zoemde de defecte TL-balk en beneden op straat, in de stromende regen, galmde een dronken sloeber een droevig lied over een verscheurde foto en een verloren liefde.
Het was Vledder, die het zwijgen verbrak.
'Heb je al plannen voor na je pensionering?'
De Cock knikte.
'Ik heb een maand geleden aan de rand van Medemblik een stukje grond gekocht.'
Vledder keek hem verrast aan.
'Medemblik?'
In zijn stem trilde ongeloof.
De Cock knikte.
'Is daar iets verkeerds aan?'
Vledder lachte.
'Nou nee... Medemblik. Ik ben er nooit geweest. Wat ga je daar doen... tuinieren?'
De Cock grijnsde.
'Tuinieren... ik kan nog geen sperzieboon van een snijboon onderscheiden. Het is een stukje bouwgrond. Ik ga daar een huisje bouwen.'
Vledder fronste zijn wenkbrauwen.
'Zelf?'
De Cock schudde zijn hoofd.
'Natuurlijk niet. Dicht bij Medemblik, in het plaatsje Wervershoof, woont een kunstzinnige architect... een kleine, wat gedrongen man met vriendelijke ogen in een rond gezicht, gekapseld in een vlassig baardje. Autoritair, bedillerig, maar voorzover ik dat kan beoordelen, erg bekwaam. Bobbejaan heet hij, Bobbejaan van der Vennen. Hij keek wel bezorgd toen ik met mijn plannen bij hem kwam, maar hij zal toch proberen om binnen de mogelijkheden van mijn beperkt budget een bescheiden huisje te realiseren.'
Vledder lachte.
'Wat is jouw beperkt budget?'
'Mijn spaarcentjes... trots resultaat van mijn zuinige vrouw.'
'En daar ga je dan wonen... in Medemblik?'
'Als het zover is.'

Vledder keek hem ongelovig aan.
'Uit Amsterdam weg?'
'Ja.'
Vledder zuchtte diep.
'Dat wordt een mislukking.'
De Cock keek hem verrast aan.
'Waarom?'
Vledder spreidde zijn beide handen.
'Een rasechte Amsterdammer die uit Amsterdam vertrekt, krijgt op den duur heimwee... mijmert over de Westertoren en wil terug.'
De Cock reageerde heftig.
'Ik ben geen Amsterdammer,' riep hij geprikkeld. 'Niet rasecht. Ik ben op Urk geboren. Midden op wat toen nog de Zuiderzee was. Het geklots van de golven om de hobbele-bobbelestien* suist nog in mijn oren. Medemblik is een lief oud stadje, met fraaie havens en het imposante slot Radboud als een markant punt. Maar wat voor mij belangrijk is... het ligt aan de voormalige Zuiderzee.'
Vledder trok achteloos zijn schouders op.
'Jeugdsentiment... dat openbaart zich vaak bij oudere mensen.'
De Cock keek zijn jonge collega vernietigend aan, maar voor hij scherp op de stelling kon reageren, werd er op de deur van de recherchekamer geklopt en riep Vledder: 'Binnen.'
De deur gleed langzaam open en in de deuropening verscheen de imposante gestalte van een grote breedgeschouderde man. De wijde mosgroene houtje-touwtje-jas die hij droeg, gaf aan de kracht die de man uitstraalde nog een extra accent. Met een iets slepende tred liep hij op de grijze speurder toe. Water drupte van zijn jas op de vloer.
'U bent De Cock?'
Hij sprak kort, afgemeten.
De oude rechercheur kwam uit zijn stoel overeind en maakte een lichte buiging. 'Met..eh, met ceeooceekaa,' reageerde hij vrijwel automatisch, 'om u te dienen.' Hij nam weer plaats en wees uitnodigend naar de stoel naast zijn bureau.
'Gaat u zitten.'
De man friemelde zijn natte houtje-touwtje-jas los en liet zich op de stoel zakken. Onderwijl nam De Cock hem nauwkeurig in zich op.

* Op Urk komen de kinderen niet van de ooievaar, maar uit de hobbele-bolle-stien, een grote zwerfkei voor de kust. Elke Urker kan hem u wijzen.

Hij schatte de man op achter in de veertig. Hij had zwart golvend haar met beginnend grijs aan de slapen. Zijn donkere ogen onder stoppelige wenkbrauwen hielden de grijze speurder strak in beeld. De Cock monsterde de lijnen van zijn gezicht... de bruingetinte huid, de scherpe trekken om de mond, de smalle neusbrug en de iets te brede kin.
De oude rechercheur toonde zijn innemendste glimlach.
'Ik zei... om u te dienen.'
De man verschoof iets op zijn stoel.
'Men had mij gezegd dat u ouderwets hoffelijk was... niet meer van deze tijd.'
'Wie is men?'
'Mensen die mij adviseerden om naar u te gaan. U hebt een goede reputatie als rechercheur.'
De Cock grinnikte.
'Dat is uiterst prettig om te horen, maar ik neem aan dat u niet bent gekomen om mij met complimenten te overladen.'
De man schudde zijn hoofd. Ineens kwam hij geschrokken van zijn stoel overeind en maakte in de richting van De Cock een stramme buiging. 'Onvergeeflijk. Een ernstige omissie. Ik heb mij nog niet aan u voorgesteld.' Hij nam weer plaats. 'Mijn naam is Van Borsele... Roderick van Borsele.'
'En u woont?'
'Bijna aan het einde van de Keizersgracht, dicht bij de Amstel, nummer dertienduizendzeventien.'
'Dat behoort niet tot mijn district.'
Roderick van Borsele knikte.
'Dat weet ik. Dat is mij verteld. Maar het is toch mijn wens, dat u mijn aangifte behandelt. Ik wil niet zeggen dat ik geen vertrouwen heb in uw collega's van het bureau Lijnbaansgracht, maar...'
De Cock wuifde de rest van de zin weg.
'Waar wilt u aangifte van doen?'
Roderick van Borsele liet zijn hoofd iets zakken.
'Mijn oude moeder is verdwenen.'
De Cock reageerde verrast.
'Uw oude moeder?'
Roderick van Borsele knikte.
'Spoorloos... zo van de aardbodem weggevaagd.'
'Hoe oud is ze?'

Roderick van Borsele zuchtte.
'Drieënzeventig jaar, en nog erg kras.' Hij tikte met zijn gekromde rechterwijsvinger tegen de zijkant van zijn hoofd. 'Helder... en nog goed ter been.
Ze heeft een tweekamerflatje in Purmerend. Daar woont nog een jongere broer van mij en een zuster. Die hebben kinderen... haar kleinkinderen.'
'En daar is ze niet?'
Roderick van Borsele schudde zijn hoofd.
'Dat ben ik nagegaan. Gisteravond zou ze mij vanuit Purmerend bezoeken. Dat doet ze wel vaker. Ze gaat dan met de trein vanaf het station Overwhere naar Amsterdam en neemt vanaf het Centraal Station een taxi naar de Keizersgracht.'
De Cock gebaarde voor zich uit.
'U kunt haar toch beter met uw eigen auto uit Purmerend ophalen en weer terugbrengen. Het is maar twintig minuten rijden... veertig minuten heen en terug. Dat is toch veel veiliger.'
Roderick van Borsele maakte een gebaar van wanhoop.
'Dat wil ze niet,' riep hij jammerend. 'Ze wordt woest als ik haar dat voorstel. Ze staat erop om zelfstandig naar mij toe te komen.'
De Cock keek de man voor zich strak aan.
'Ze kwam niet.'
Roderick van Borsele schudde zijn hoofd.
'Ze kwam niet,' herhaalde hij. 'Ik maakte mij niet direct ongerust... dacht dat ze een trein had gemist. Dat is ongeveer een verschil van een half uur. Toen ze er na dat half uur nog niet was, heb ik haar thuis gebeld. Ze nam niet op. Ik ben toen in paniek met mijn auto naar Purmerend gereden.'
De Cock knikte begrijpend.
'U dacht dat er thuis iets met haar was gebeurd.'
'Precies. Dat kan toch... met een oud mens.'
'En?'
'Ik heb een sleutel van haar flat. Ik kan erin. Ze was er niet, en uit alles bleek dat ze was vertrokken. Ik miste haar handtasje. Dat is haar talisman. Zonder haar handtasje gaat ze niet op pad.'
'Woont ze alleen?'
'Ja.'
'Uw vader?'
'Is jaren geleden overleden.'

'Buren?'
Roderick van Borsele zuchtte.
'In zo'n flatgebouw kennen de buren elkaar nauwelijks. Ik heb ook niet de moeite genomen om bij hen te informeren. Dat had geen enkele zin.'
'Kennissen?'
Roderick van Borsele trok zijn schouders iets op.
'Er kwam wel eens een oudere man bij moeder op bezoek. Ik meen dat hij Martijn heette, maar ik weet niet waar hij woont... hoe ik hem bereiken kan. Wel ben ik naar mijn broer en zuster in Purmerend gegaan en heb gevraagd of zij wisten waar moeder was.'
'Hebt u nog familie elders in het land?'
Roderick van Borsele knikte.
'In Emmeloord, Kampen, Leeuwarden en Amersfoort. Daar wonen een paar ooms en tantes van mij en een vriendin uit haar jeugd. Die heb ik vandaag allemaal af gereden. Je weet toch nooit wat zo'n oud mens plotseling in haar hoofd heeft gehaald.'
Hij kauwde nerveus op zijn onderlip, drong opkomende tranen weg.
'Ze is een schat, dat ouwe mens. Altijd lief en zorgzaam... voor iedereen. Vooral haar kleinkinderen zijn dol op hun omaatje.'
Hij zweeg even.
'Ik ben haar oudste zoon. Van haar drie kinderen ben ik het meest aan haar gehecht. Moeder had al enige tijd kanker... kanker aan haar lever. Volgens haar dokter had ze niet lang meer te leven. Daar had ik het al erg te kwaad mee.'
'Wist zij het?'
'Wat?'
'Dat ze niet lang meer had te leven?'
'Ze wist het.'
'Hoe verwerkte ze dat?'
Roderick van Borsele keek naar hem op. Zijn donkere ogen vulden zich met tranen.
'Moeder... moeder was niet bang voor de dood. Integendeel. Ze speelde met de gedachte aan een eeuwig leven.'

# 2

Toen de zwaargebouwde Roderick van Borsele uit de grote recherchekamer was vertrokken, keek Vledder De Cock onderzoekend aan.
'Ga je er iets aan doen?'
'Waaraan?'
'Het verdwijnen van dat oude mens?'
De Cock plooide zijn lippen in een tuitje.
'We zetten haar op de telex... opsporing verblijfplaats verzocht van Marrigje Catharina Stoffels, weduwe van Hendrik van Borsele, oud 73 jaar. Ze heeft gisteren haar woning aan de Burgemeester D. Kooimanweg in Purmerend verlaten en...'
Vledder grijnsde.
'...een ongeluk wordt gevreesd,' vulde hij schertsend aan.
'Precies.'
Vledder schudde zijn hoofd. 'Dat bedoel ik niet,' riep hij zichtbaar geïrriteerd. 'Ik wil weten of je buiten dat gebruikelijke telexbericht met die versleten tekst nog een echt onderzoek gaat instellen.'
De Cock knikte traag.
'Als er snel resultaten zijn te boeken,' antwoordde hij kalm. 'Lukt dat niet... gaat het onderzoek te lang duren, dan kom ik in moeilijkheden met al dat werk dat ik nog in de lade van mijn bureau heb liggen.'
Vledder zwaaide geërgerd.
'Dat is toch pure onzin, om aan zo'n onderzoek te beginnen,' riep hij geëmotioneerd. 'Er verdwijnen dagelijks mensen zonder een spoor na te laten. Existentiële onvrede noemen ze dat. Daar kun je toch geen tijd aan verprutsen. De meesten komen na een poosje vanzelf weer boven water.'
De Cock maakte een grimas.
'Sommigen niet... verdwijnen voor altijd.'
Vledder spreidde zijn beide handen.
'Waarom nam je die aangifte van Van Borsele op?' vroeg hij nietbegrijpend. 'Waarom stuurde je die vent niet door naar de recherche van de politie in Purmerend. Daar woont ze... van daaruit is zijn moeder verdwenen. Wij aan de Warmoesstraat hebben met de verdwijning van die oude vrouw niets te maken.'

De Cock maakte een afwerend gebaar.
'Die Roderick van Borsele,' sprak hij met enige nadruk, 'komt in zijn wanhoop en verdriet naar mij... heeft vertrouwen in mijn vaardigheden als rechercheur... als speurder. En een reputatie schept verplichtingen. Zo zie ik dat. Het zou toch onmenselijk zijn als ik hem niet te woord stond?'
Vledder snoof.
'Iedereen kan wel naar je toe komen. Als die Baantjer over jou blijft schrijven, staan ze vandaag of morgen voor ons bureau in de rij.'
De Cock wuifde voor zich uit.
'Larie.'
Vledder gniffelde.
'Zoekt u oplossingen voor uw problemen?' riep hij snierend. 'Wilt u dat uw zaak goed wordt behandeld? Wendt u tot rechercheur De Cock van de Warmoesstraat in Amsterdam. Succes verzekerd.'
Het sarcasme ontging de oude rechercheur niet.
'We kunnen eens,' opperde hij kalm, 'gaan praten met de broer en de zuster van Roderick van Borsele in Purmerend... proeven hoe de verhoudingen liggen. Sommige families maken een puinhoop van hun onderlinge relaties. Ik heb eens een geval behandeld van een dochter, die haar stervende moeder voor haar broers en zusters verborgen hield... omdat ze de anderen een bepaald erfstuk niet gunde.'
'Denk je dat zoiets hier speelt?'
De Cock trok zijn schouders op.
'Geen flauw idee. Het enige dat wij weten is dat moeder Van Borsele haar flatje in Purmerend heeft verlaten en vermoedelijk nooit Amsterdam heeft bereikt.'
De grijze speurder keek even nadenkend voor zich uit.
'Ik wil ook weten wat voor kleding ze droeg... jas, hoedje... alles is belangrijk.'
'Wie kan ons dat vertellen?'
De Cock zuchtte.
'Misschien heeft iemand haar zien weggaan.' De oude rechercheur pauzeerde even. 'En je moet straks de taxicentrale bellen of er wellicht gisteravond een rit is geboekt van het Centraal Station naar de Keizersgracht bij de Amstel.'
Vledder knikte begrijpend.
'We zullen ook de politie in Purmerend moeten inlichten.'

De Cock keek naar hem op.
'Die krijgen toch een telex.'
Vledder schudde afkeurend zijn hoofd.
'Als wij in Purmerend gaan wroeten, krijgen we onherroepelijk herrie met de plaatselijke politie. Je weet hoe gevoelig sommige politiechefs zijn.'
De Cock knikte berustend.
'Licht ze in,' sprak hij op vermoeide toon, 'volledig... zeg, dat wij van plan zijn om in hun geheiligd territorium een onderzoekje in te stellen en dat wij bij positief resultaat daarvan uitvoerig melding zullen maken.'
De oude rechercheur snoof verachtelijk.
'Wat een flauwekul,' vervolgde hij heftig. 'Het wordt hoog tijd dat de Nederlandse politie landelijk wordt georganiseerd, dan kan men eindelijk al die plaatselijke potentaatjes de laan uit sturen.'
Vledder wees naar de grote klok boven de toegangsdeur.
'Wil je er vanavond nog heen?'
'Waarheen?'
'Naar Purmerend. Het is al kwart over tien.'
'En?'
Vledder grinnikte.
'Purmerend is een slaapstad. Die broer en zuster van Van Borsele liggen misschien al in bed.'
Voordat De Cock kon antwoorden, rinkelde de telefoon op zijn bureau. Vledder reikte zich ver naar voren, nam de hoorn op en luisterde. Na enkele seconden stak hij De Cock de hoorn toe.
'Het is voor jou.'
De oude rechercheur nam de hoorn over. Zijn gezicht versomberde.
'Ik begrijp het,' sprak hij mat. 'Ik kom onmiddellijk.' Met zijn linkerhand sloeg hij op het toestel en verbrak de verbinding.
Vledder keek hem gespannen aan.
'Wie was dat?'
De Cock gleed met zijn tong langs zijn droog geworden lippen. 'Een radeloze vrouw... de echtgenote van Bobbejaan van der Vennen.'
Vledder fronste zijn wenkbrauwen.
'De vrouw van die..eh, architect uit Wervershoof, die voor jou in Medemblik een... eh, een... eh?' Hij maakte zijn zin niet af.
De Cock knikte.
'Haar man is gisteravond levensgevaarlijk gewond opgenomen in

het streekziekenhuis in Hoorn... het Westfries Gasthuis. Hij is onmiddellijk geopereerd, maar sindsdien ligt hij daar in coma.'
'Wat is er gebeurd?'
De Cock legde de hoorn op het toestel terug.
'Iemand joeg hem drie kogels in zijn lijf.'
Vledder keek hem verbaasd aan.
'Wie... waarom?'
De Cock stond op. Het markante gezicht van de grijze speurder werd een strak masker.
'Op die vragen,' sprak hij bitter, 'wil ik het antwoord weten.'

Ze reden met hun Golf van de gladde houten steiger achter het politiebureau weg. Een krachtige storm uit het zuidwesten joeg de regen kletterend tegen de ruiten en op het dak.
De Cock keek opzij.
'Heb je genoeg benzine?'
Vledder knikte.
'Ik heb vanmiddag getankt.' De jonge rechercheur zette de ruitewissers aan. 'Je wilt nu direct naar dat streekziekenhuis in Hoorn?'
'Ja.'
'Niet naar Purmerend?'
'Nee.'
Vledder blikte opzij.
'Werd er in Wervershoof op die architect geschoten?'
De Cock maakte een hulpeloos gebaar.
'Dat neem ik aan,' verzuchtte hij. 'Mevrouw Van der Vennen gaf een onsamenhangend verhaal. Ze was totaal in de war. Het leek mij niet zinnig om naar bijzonderheden te vragen.'
Vledder blikte strak voor zich uit.
'Sinds wanneer,' vroeg hij achteloos, 'bemoeien wij ons in Hoorn met het slachtoffer van een schietpartij in Wervershoof?'
De Cock klemde zijn lippen op elkaar.
'Sinds ik in Wervershoof die Bobbejaan van der Vennen heb ontmoet,' antwoordde hij geprikkeld, 'en zijn lieve vrouw mij koffie serveerde.'
Vledder keek hem geschrokken aan.
'Dat is toch geen motief,' riep hij afkeurend.
De Cock bromde.
'Voor mij wel.'

Vledder schudde zijn hoofd.
'Wij zijn beiden,' sprak hij geduldig, 'als rechercheur in dienst van de Amsterdamse politie en dat houdt volgens mij niet in, dat wij te hooi en te gras hand- en spandiensten verlenen aan mensen die jij aardig, lief of interessant vindt.'
Het klonk scherp en verwijtend.
De Cock reageerde niet. Met een somber gezicht liet de grijze speurder zich onderuitzakken. De terechte kritiek van zijn jonge collega raakte hem diep. Na enige tijd drukte hij zich weer omhoog.
'Die vrouw,' sprak hij verontschuldigend, 'zit daar moederziel alleen in dat ziekenhuis aan het bed van haar bewusteloze man, op wie een of andere idioot een moordaanslag heeft gepleegd. Die vrouw zoekt steun. Is dat gek?'
Vledder zuchtte.
'Als er steeds meer mensen voor allerlei zaken jouw hulp inroepen... en jij honoreert dat hulpgeroep... dan zijn wij op den duur als rechercheurs van de Warmoesstraat niet meer te handhaven. Begrijp dat toch.'
De Cock snoof.
'Ik doe wat ik kan... wat mijn hart mij ingeeft.'
Vledder schudde zijn hoofd.
'We kunnen beter samen een privé-detectivebureau oprichten.'
'En de politie verlaten?'
'Ja.'
'Nooit.'
'Wees dan wat selectiever. We kunnen niet overal op instappen.'
De Cock knikte instemmend.
'Ik beloof beterschap... voor de toekomst... maar ik laat mevrouw Van der Vennen nu niet aan haar lot over.'
Op het gezicht van Vledder brak een glimlach door.
'Oké,' sprak hij berustend. 'Ik rijd jou vanavond naar dat streekziekenhuis in Hoorn... via de Zeeburgertunnel, dat lijkt mij het snelst.'

Het Westfries Gasthuis in Hoorn maakte een verlaten indruk. De grote parkeerplaats was vrijwel leeg. Slechts enkele voor het personeel gereserveerde plaatsen waren bezet.
Vledder parkeerde de Golf zo dicht mogelijk bij de ingang. De beide rechercheurs stapten uit.

De wind plukte venijnig aan hun kleding... de felle storm leek nog aan te wakkeren. De Cock zette de kraag van zijn regenjas omhoog. Om te voorkomen dat zijn trouwe hoofddeksel gejaagd door de wind in Hoornse dreven verdween, trok hij met beide handen zijn vilten hoedje tot op zijn oren.
Hij blikte opzij naar Vledder.
'De hoeveelste is het vandaag?' brulde hij boven de storm uit.
'De eenendertigste.'
Gebukt, tegen de wind in, sjokte De Cock naar de ingang.
'Daar was ik al bang voor,' bromde hij. 'Op deze dag in januari braken in negentiendrieënvijftig in Zuid-Holland en Zeeland de dijken door en verdronken bijna tweeduizend mensen.'
Vledder gromde.
'In drieënvijftig... was ik er nog niet.'
Na brede draai- en tochtdeuren bereikten de rechercheurs een ruime hoge hal met gesloten bloemen-, bladen- en boekenstallen. Het was er behaaglijk warm. Palmen en andere exotische planten maakten van de hal een gezellige wintertuin.
De Cock trok zijn klemmende hoofddeksel weer omhoog en keek rond. De hal scheen verlaten. Behoedzaam liep hij verder. Zijn voetstappen klosten op de betegelde vloer en echoden tegen de wanden.
Vledder volgde.
Ineens ontdekte De Cock op een klein terras, zittend in een comfortabele rieten fauteuil, een bejaarde vrouw in een wijnrode kamerjas. Haar voeten staken in een paar grote pantoffels en haar grijze haren waren gevangen in een netje. De oude rechercheur stapte bedaard op haar af. 'Waar kan ik hier inlichtingen krijgen?' vroeg hij vriendelijk.
De bejaarde vrouw keek naar hem op.
'U zult even geduld moeten hebben. De nachtzuster is bezig. Ze zal zo wel komen.'
De Cock boog zich glimlachend naar haar toe.
'Moet u niet naar bed?'
De bejaarde vrouw grijnsde. Ze trok haar kamerjas iets dichter om zich heen. 'Ik kon niet slapen en bij mij op de zaal snurken ze zo. Daar word ik gek van. Daarom ben ik maar hier gaan zitten.'
Een knappe verpleegster in een nauwsluitend, bijna doorzichtig wit pakje, stapte door de hal. De Cock lichtte zijn hoedje.

'Wij zijn op zoek naar een patiënt... de heer Van der Vennen uit Wervershoof. Zijn vrouw zou hier ook zijn.'
Het gezicht van de verpleegster versomberde.
'Bent u familie?'
De Cock schudde zijn hoofd.
'Wij zijn rechercheurs van het bureau Warmoesstraat in Amsterdam. Mevrouw Van der Vennen heeft ons gebeld en gevraagd of wij kwamen.' De grijze speurder keek haar schuins aan en monsterde haar gezicht.
'Is er iets gebeurd?' vroeg hij bezorgd.
De verpleegster ontweek een antwoord.
'U kunt hier op mevrouw Van der Vennen wachten,' sprak ze zacht.
'Ze zal zo wel komen. Dokter is nog even met haar bezig.'
De Cock keek haar strak aan.
'Is er iets gebeurd?' vroeg hij dwingender.
De verpleegster liet haar hoofd zakken.
'De heer Van der Vennen is dood. Hij overleed een paar minuten geleden.'

Mevrouw Van der Vennen keek naar De Cock op. Ze tikte met de toppen van haar vingers op haar borst. Tranen vulden haar blauwe ogen. 'Hier... eh, hier is niets meer,' stamelde ze. 'Ik ben leeg vanbinnen. Het is alsof elk gevoel in mij is gestorven... gelijk met hem.'
'Ik begrijp het.'
Mevrouw Van der Vennen slikte.
'Een hele nacht en een dag heb ik aan zijn bed gezeten... gewacht tot hij zijn ogen zou opslaan... zijn mond zou openen om mij iets te zeggen.'
'Hij heeft niets meer gezegd?'
Mevrouw Van der Vennen schudde haar hoofd en snikte.
'Ik heb niet eens afscheid van hem kunnen nemen... niet eens kunnen zeggen dat ik oprecht van hem hield.'
'Gebeurde het in Wervershoof?'
'Wat?'
'Die moordaanslag?'
Mevrouw Van der Vennen knikte.
'Mijn man zat beneden in zijn kantoor te werken.'
'Hoe laat was dat?'

'Zo rond tien uur. Hij heeft het altijd druk en maakt vaak lange dagen. Waarom hij naar buiten is gegaan, weet ik niet. Onze buurvrouw, een paar huizen verderop, had net de televisie uitgedaan toen ze schoten hoorde, gevolgd door het gierende geluid van een auto die snel wegreed. Ze is gaan kijken en zag Bobbejaan waggelend naar huis teruglopen. Na een paar stappen viel hij en bleef liggen. Buurvrouw boog zich over hem heen en zag bloed aan zijn borst. Ze heeft mij onmiddellijk gewaarschuwd en in het kantoor van mijn man heeft ze de politie en de ambulance gebeld.'
'Was uw man onmiddellijk buiten bewustzijn?'
Mevrouw Van der Vennen maakte een hulpeloos gebaar.
'Ik... eh, ik was in paniek. Ik riep steeds maar: Bobbejaan... Bobbejaan, wat is er gebeurd... wat is er gebeurd?'
'Hij antwoordde niet?'
Mevrouw Van der Vennen sloot even haar beide ogen.
'Zo nu en dan bewoog zijn mond. Ik hield er mijn oor dichtbij. Ik kon niet verstaan wat hij zei. Ik dacht iets te horen van: "kel... kel." Maar daar kan ik mij ook in vergissen.'
Mevrouw Van der Vennen plukte een zakdoekje uit de mouw van haar blouse en droogde haar tranen.
'Vertelt u mij wie het heeft gedaan?'
De Cock schudde zijn hoofd.
'Ik mag als rechercheur de zaak van uw man niet in behandeling nemen.'
Mevrouw Van der Vennen keek hem verbijsterd aan.
'Waarom niet?'
De Cock zuchtte.
'Wervershoof behoort tot een andere regio dan Amsterdam. Ik ben niet bevoegd om hier op te treden.'
De ogen van mevrouw Van der Vennen vulden zich opnieuw met tranen. 'Doet... eh, doet u dan helemaal niets om de moordenaar van Bob te vinden? U hebt hem gekend... weet wat een fijne man hij was. Zijn moordenaar... zijn moordenaar mag toch niet...'
Mevrouw Van der Vennen was niet in staat om haar zin af te maken en bij De Cock schoot een brok in zijn keel.
'Ik... eh, ik zal,' sprak hij haperend, 'het onderzoek op een afstand volgen... raad geven... als men daarnaar luisteren wil.'
Mevrouw Van der Vennen bette haar tranen. Met een vurige blik keek ze naar hem op.

’En als u weet wie het heeft gedaan… wilt u het mij dan vertellen?’
De Cock schatte haar blik.
’Wilt u het graag weten… wilt u de moordenaar van uw man kennen?’
Mevrouw Van der Vennen knikte nadrukkelijk.
’Dat wil ik.’
’Waarom?’
Mevrouw Van der Vennen trok haar gezicht strak.
’U, als rechercheur… gelooft u in gerechtigheid?’
De Cock ademde diep.

’Aardse gerechtigheid,’ antwoordde hij ontwijkend, ’blijft het werk van mensen… gebrekkig en onvolkomen. Ik ben bereid om in een hemelse gerechtigheid te geloven.’
Mevrouw Van der Vennen staarde voor zich uit. Om haar mond kwam een harde trek.
’Hemelse gerechtigheid,’ reageerde ze smalend. ’Zo lang kan en wil ik niet wachten.’

# 3

Met zijn handen diep in de zakken van zijn regenjas gestoken, slenterde De Cock de volgende morgen over het brede trottoir van het Damrak. Hij was, komend van huis, op het Stationsplein uit de tram gestapt en volgde de stroom wandelaars in de richting van de Dam. De felle zuidwester storm was in de nanacht gaan liggen. Woeste windvlagen hadden de laatste regenwolken verjaagd. De hemel was strakblauw en een vriendelijk laaghangend zonnetje toverde goud op de geveltjes.
De Cock schoof zijn vilten hoedje ver naar achteren en blikte schuin omhoog. Links over het water van het Damrak lagen de achtergevels van de Warmoesstraat in de schaduw.
In de kamer van de commissaris ontwaarde hij het silhouet van de lange Buitendam. Met moeite onderdrukte De Cock een wild verlangen om de weg over te steken en vanaf de waterkant met beide armen naar hem te zwaaien. Grinnikend stapte hij verder. De stijve commissaris zou het niet waarderen.
Bij de Oudebrugsteeg sprintte hij voor een aanstormende tramtrein van lijn 9 het Damrak over. Een jong, hem tegemoetkomend hoertje lachte vrijuit. De Cock in draf was een koddig gezicht.
De oude rechercheur blies hijgend de lucht uit zijn longen en krulde zijn lippen in een zoete grijns. In het voorbijgaan lichtte hij beleefd zijn hoedje voor haar en slenterde verder langs de schippersbeurs naar de Warmoesstraat.
In de ruime hal van het politiebureau stond een groep opgewonden mannen met zware snorren die vreemde keelklanken uitten. De wachtcommandant probeerde hen van achter de balie in een soort steenkolenengels, begeleid door brede armgebaren, duidelijk te maken dat het bureau van de Vreemdelingendienst niet hier, maar elders was gevestigd.
De Cock bezag het tafereel met gevoelens van bezorgdheid en medelijden. De stroom asielzoekers, die in ons kleine en al overbevolkte landje een beschermde plek trachtte te veroveren, hield al jaren aan. En het einde van die stroom was nog lang niet in zicht.
Met een sombere trek op zijn gezicht besteeg hij de stenen trappen naar de tweede etage.
Toen De Cock de grote recherchekamer binnenstapte, liet Vledder

zijn rappe vingers op het toetsenbord van zijn elektronische schrijfmachine rusten. Hij keek op. 'Je bent laat,' riep hij bestraffend.
De Cock glimlachte.
'Mijn vrouw lag op de slip van mijn hemd.'
Vledder negeerde de opmerking.
'Er zijn nog geen reacties op ons telexbericht van gisteravond binnengekomen. Ik heb een halfuurtje geleden Roderick van Borsele gebeld. Hij is de wanhoop nabij. Hij vreest het ergste. Zijn oude moeder is nog steeds spoorloos.'
De Cock zeilde zijn oude hoedje missend naar de kapstok.
'Daar was ik al bang voor,' verzuchtte hij. De oude rechercheur raapte zijn hoedje weer op en liep terug. 'Waar ben je mee bezig?'
'Een rapport over een oude zaak.'
De Cock keek hem vragend aan.
'Kan dat wachten?'
Vledder maakte een grimas.
'Commissaris Buitendam heeft er al een paar maal naar gevraagd.'
De Cock knikte voor zich uit.
'Dan,' reageerde hij gelaten, 'kan het wachten.'
Vledder trok met een lachend gezicht het rapport uit zijn machine en legde het in een lade van zijn bureau.
'Je wilt nu naar Purmerend?'
'Precies.'
Vledder kwam uit zijn stoel overeind.
'Moeten we nog iets rapporteren over de dood van die architect van jou... die Bobbejaan van der Vennen uit Wervershoof?'
De Cock schudde zijn hoofd.
'Sinds wanneer,' antwoordde hij achteloos, 'bemoeien wij ons in Hoorn met het slachtoffer van een schietpartij in Wervershoof?'
Vledder keek hem argwanend aan. Hij herkende zijn eigen woorden van de avond tevoren.
'Doen we daar helemaal niets meer aan?'
In zijn stem trilde ongeloof.
De Cock zuchtte.
'Ik heb mevrouw Van der Vennen beloofd, dat ik het onderzoek zou volgen... op afstand. En aan die belofte zal ik mij houden. Bovendien wil ik me niet nog eens jouw ongenoegen op mijn hals halen.'
Vledder negeerde de opmerking.

'Begrijp jij iets van het motief... waarom vermoordt men een architect?'
De Cock trok zijn schouders op.
'Misschien heeft hij een duister gat in zijn verleden... ging hij met verkeerde mensen om. Op mij maakte hij overigens een betrouwbare indruk.'
Er werd op de deur van de recherchekamer geklopt en Vledder riep: 'Binnen.'
De deur gleed langzaam open en in de deuropening verscheen een al wat oudere man. Plukken parelgrijs haar puilden onder zijn platte geruite pet uit. De Cock schatte hem op achter in de zestig. Onder zijn lichtgrijze ratiné winterjas met visgraatmotief, staken de pijpen van een donkergrijze pantalon met een onberispelijke vouw uit.
De man nam zijn pet af en liep kaarsrecht op De Cock toe.
'Ik wil met u praten,' sprak hij bedaard.
'Met mij?'
De man knikte.
'U bent toch rechercheur De Cock... met... eh, met ceeooceekaa?'
De Cock glimlachte.
'Wie heeft u dat "ceeooceekaa" ingefluisterd?'
De man keek hem verwonderd aan.
'Zo wordt uw naam toch geschreven?'
De Cock knikte.
'Inderdaad.'
De oude rechercheur gebaarde uitnodigend naar de stoel naast zijn bureau.
De man knoopte zijn dikke winterjas los, trok de pijpen van zijn pantalon iets omhoog en nam plaats.
'Het gaat over Maria,' verduidelijkte hij.
Nog met zijn regenjas aan, ging De Cock tegenover de man zitten. De grijze speurder reageerde niet direct. Hij monsterde de lijnen van het gezicht van de oude man... de plooien rond zijn mond... de rustige blik uit zijn helblauwe ogen.
'Wie is Maria en wie bent u?'
De man legde zijn handen op zijn knieën.
'Ik ben Martijn... Martijn Schuitema. Ik woon aan de Burgemeester D. Kooimanweg in Purmerend, in hetzelfde flatgebouw als Ma-

ria.' Er gleed een glimlach om zijn lippen. 'Ze heet feitelijk Marrigje. Dat staat ook in haar paspoort. Maar ze heeft een hekel aan die naam. Vandaar... Maria.'
De Cock wees in zijn richting. 'U bedoelt Marrigje Catharina van Borsele... Stoffels-Van Borsele.'
Martijn Schuitema knikte nadrukkelijk.
'Ze is verdwenen,' sprak hij somber. 'Ik kom altijd bij haar op visite... al jarenlang. Gisteravond heb ik haar zoon Roderick in Amsterdam gebeld... gevraagd of zij bij hem was gebleven. Roderick is een lieve jongen. Hij was erg ongerust. Hij zei dat zijn moeder nooit bij hem was aangekomen en dat hij bij u aangifte van vermissing had gedaan.'
'Dat klopt.'
Martijn Schuitema keek hoopvol naar hem op.
'Hebt u enig idee waar zij is?'
De Cock schudde zijn hoofd.
'Ik heb per telex haar opsporing gevraagd.' Hij zweeg even. 'Hoe was uw verhouding tot haar?'
Martijn Schuitema vouwde zijn handen.
'Vriendschappelijk... meer dan dat.' Hij knikte voor zich uit. 'Veel meer dan dat. Maria en ik hielden van elkaar. Het is al meer dan twaalf jaar geleden, dat mijn eigen vrouw stierf. Ik bewaar dierbare herinneringen aan haar... dacht, dat ik nooit meer iets om een ander kon geven.'
De Cock knikte begrijpend.
'Tot u Maria ontmoette.'
De lijnen rond de mond van Martijn Schuitema plooiden zich tot een glimlach.
'Ik kwam haar tegen in de lift. Het was liefde op het eerste gezicht. Mensen lachen erom... denken dat het op onze leeftijd niet meer kan.'
'U bedoelt... verliefd worden op het eerste gezicht?'
Martijn Schuitema knikte.
'Ook voor de oudere mens is nog liefde weggelegd.'
De glimlach op zijn gelaat verdween. 'Maria is ernstig ziek. Kanker... ongeneeslijk. Ze heeft volgens de doktoren niet lang meer te leven. Dat aspect doet een mens intenser leven... genieten van elk moment dat hem nog is gegund. Maar de laatste maanden spraken wij toch veel over de dood.'

'Geen prettig onderwerp.'
Martijn Schuitema schudde zijn hoofd.
'Maar Maria had er baat bij. Het luchtte haar op als we er samen openhartig over spraken.' De oude man zweeg en verzonk in gedachten.
De Cock wachtte geduldig tot hij voortging.
'Maria heeft ruim een jaar geleden van haar zoon Roderick een apparaat gekregen, waar van die glimmende muziekschijfjes in gaan.'
'Ceedeetjes.'
Martijn Schuitema knikte.
'Een paar maanden geleden hebben we bij een muziekwinkel in het winkelcentrum een schijfje gekocht van ene Rocco Granata... een zanger... een Italiaanse Belg of een Belgische Italiaan. Hij heeft zo'n lieve hese stem. Maria hoorde hem graag.' Martijn Schuitema zuchtte diep.
'Dat schijfje draaiden we vrijwel elke avond. Er was een liedje bij dat wij dat apparaat met tranen in onze ogen steeds lieten herhalen.'
'Waarom?'
Martijn Schuitema friemelde aan de plooien van zijn pantalon. 'De tekst... zo'n mooie gevoelige tekst.' Met een betraand gezicht keek hij naar De Cock op. 'Mag ik hem opzeggen?'
'Die... eh, die tekst?'
Martijn Schuitema knikte nadrukkelijk.
'Ik ken hem uit mijn hoofd.'
De Cock maakte een berustend gebaar.
'Doe maar.'
Martijn Schuitema drukte een brok uit zijn keel. Zijn adamsappel wipte op en neer. Het duurde even voor hij met een schorre stem begon:

'Lieve-Heer, hebt-medelij,
houdt-voor-ons-twee-een-plaatsje-vrij,
wij-willen-zo-dolgraag-altijd-samen-zijn.
En-de-tijd, die-gaat-maar-voort.
Eens-staan-we-voor-de-hemelpoort.
Schrijft-U-nu-vast-op-hoe-onze-namen-zijn.'

De Cock beet op zijn onderlip.

'Het lijkt wel een gebed.'
Martijn Schuitema knikte nadrukkelijk.
'Dat was het ook... een gebed van ons beiden. Maria zei altijd, dat zij zo'n tekst vroeger nooit met haar eigen man had willen beluisteren.'
De Cock plukte aan het puntje van zijn neus.
'Met hem wilde ze de hemel niet in.'
Bij Martijn Schuitema brak een glimlach door.
'Precies,' sprak hij bewonderend. 'U kunt goed luisteren.'
De Cock spreidde zijn handen.
'Maria en u hadden in Purmerend in dat flatgebouw ieder uw eigen flat... ik bedoel... u leefde gescheiden?'
'Ja.'
'Het zou toch voordeliger zijn geweest als u bij haar was ingetrokken... of omgekeerd?'
Martijn Schuitema schudde zijn hoofd.
'We hebben er samen wel over gesproken, maar er waren praktische bezwaren.'
'Zoals?'
In de helblauwe ogen van Martijn Schuitema kwam een blik van vertedering.
'Ik heb een parkietje... een lichtblauw parkietje met een witte bef met zwarte stippen. Het vogeltje vliegt bij mij vrij rond... weet niet beter.'
'En?'
'Maria heeft een zwarte kater.'
De Cock fronste zijn wenkbrauwen.
'Een zwarte kater?'
Martijn Schuitema knikte instemmend.
'Een prachtbeest. Zonder meer. Maria is stapel op haar kat.' Hij schudde zijn hoofd. 'Maar ik wilde mijn parkietje er niet aan wagen.'
De Cock fronste zijn wenkbrauwen.
'Waar is die zwarte kater gebleven?'
'Weg.'
De Cock keek hem niet-begrijpend aan.
'Hoe... weg?'
'Gewoon, weg... met zijn mandje.'
'Wat voor een mandje?'

Martijn Schuitema gebaarde voor zich uit.
'Een mandje... een rieten mandje waarin Maria de kat vervoerde als ze met hem naar de dierenarts ging.'

De Cock legde zijn hoedje naast zich op het tapijt en keek de vrouw die voor hem op een tweezitsbankje zat, peilend aan. De oude rechercheur trachtte in haar gezicht familietrekken te ontdekken. Ze waren er niet. De vrouw leek in geen enkel opzicht op haar broer Roderick van Borsele. Ze was kleiner, fragieler, miste de uitstraling van kracht. Het enige wat zij met hem gemeen had, was het zwarte golvende haar.
De Cock raadpleegde een notitie, die hij van Vledder had gekregen.
'U bent Rolandina van Borsele,' opende hij, 'echtgenote van Henri Antoine Maurice Scheepers?'
Om haar lippen gleed een grijns.
'Rolandina, Roderick... mijn andere broer heet Rigobert. Mijn vader had een zwak voor oudgermaanse namen die met een R beginnen. Ik denk dat hij heimelijk nazi-sympathieën heeft gehad.'
De Cock haalde zijn schouders op.
'Het zijn mooie namen.'
'Bespottelijk.'
De Cock wuifde het onderwerp weg.
'Wij stellen een onderzoek in naar het verdwijnen van uw moeder Marrigje Catharina Stoffels, weduwe van Hendrik van Borsele. Uw broer Roderick heeft gisteren bij ons aangifte van vermissing gedaan.'
Rolandina Scheepers knikte.
'Roderick is hier geweest... eergisteravond. Streep aan de balk.'
'Hoe bedoelt u?'
Rolandina Scheepers grijnsde opnieuw.
'Hij komt nooit... heeft voor ons geen tijd. Maar nu zijn lieve mammie is verdwenen, kwam hij opdraven... als een hijgend hert.'
Het klonk cynisch.
'Uw broer Roderick maakt zich zorgen.'
Rolandina Scheepers grinnikte.
'Moeder komt wel weer boven water. Het is waarachtig niet de eerste keer dat ze voor een paar dagen verdwijnt.' Ze pauzeerde even en keek naar De Cock op. 'Heeft ze haar kat meegenomen? Ze sleept dat oude beest overal mee naartoe.'

De Cock plukte aan zijn onderlip. De toon waarop de vrouw sprak, beviel hem niet. Er was geen spoor van aanhankelijkheid, liefde of bezorgdheid.
De grijze speurder knikte.
'Ze heeft inderdaad haar kat meegenomen... dat neem ik aan. De kat is weg... en zijn mandje.'
Er kwam een triomfantelijke blik in de ogen van Rolandina Scheepers.
'Dacht ik het niet... met kat. Ze zal wel weer naar Neel zijn.'
'Wie is Neel?'
'Een oude vriendin van haar in Amersfoort. Daar vlucht ze altijd heen wanneer ze in de problemen zit.'
De Cock trok rimpels in zijn voorhoofd.
'Zat uw moeder in de problemen?'
Rolandina Scheepers knikte.
'Ze wilde nog voor haar dood trouwen.'
De Cock keek haar niet-begrijpend aan.
'Trouwen... met wie?'
Rolandina Scheepers gebaarde voor zich uit.
'Met die vent uit de flat bij haar. Je kon niet bij moeder op visite komen of die vieze oude kerel zat bij haar aan tafel.'
De Cock voelde een lichte wrevel bij zich opkomen.
'U bedoelt Martijn Schuitema?'
Rolandina Scheepers knikte.
'Kent u hem?'
'Ik heb hem slechts één keer ontmoet. Vanmorgen was hij bij ons aan het politiebureau. Hij zei lieve dingen over uw moeder.'
Rolandina Scheepers glimlachte wreed.
'Hij was zeker ook bezorgd?'
De Cock knikte.
'Dat was hij. Ik kreeg de indruk dat hij heel veel om uw moeder gaf.'
Rolandina Scheepers schudde haar hoofd.
'Gespeeld,' reageerde ze fel. 'Het heeft niets met liefde te maken. Maniertjes. Hij is alleen op haar geld uit. Daarom wil hij zo snel mogelijk met haar trouwen... voor ze sterft.'
'Aan kanker?'
'Precies.'
'Heeft uw moeder veel geld... bezittingen?'
Rolandina knikte vaag.

'Toen vader stierf, heeft ze haar kapitale villa in het Gooi moeten verkopen om het erfdeel van haar kinderen uit te kunnen betalen.'
De Cock kneep zijn wenkbrauwen bijeen.
'Er was geen testament,' vroeg hij verbaasd, 'ten behoeve van de langstlevende?'
'Nee.'
De Cock boog zich iets naar haar toe.
'Dat... eh, dat erfdeel hadden u en uw beide broers opgeëist?'
Rolandina Scheepers gebaarde heftig.
'Natuurlijk. Ze hield nog genoeg over. Daar heeft ze haar flatje van gekocht.'
De Cock plukte aan het puntje van zijn neus.
'Eiste ook Roderick zijn aandeel op?'
Rolandina schudde haar hoofd.
'Roderick was er aanvankelijk op tegen dat moeder na de dood van vader haar villa verkocht. Hij wilde dat ze in het Gooi bleef wonen. Maar hij kon makkelijk praten. Hij heeft een groot eigen bedrijf. Hij had haar geld niet nodig.'
'Uw andere broer en u wel?'
Rolandina Scheepers knikte nadrukkelijk.
'Rigobert en ik hebben opgroeiende kinderen. Die kosten handenvol geld.'
De Cock keek haar onderzoekend aan.
'En als moeder voor haar dood met die Martijn Schuitema trouwt, valt er dan niets meer te erven?'
Rolandina Scheepers zwaaide met haar beide handen.
'Veel minder,' riep ze geëmotioneerd. 'Dan slokt die vent de helft en een kindsdeel op.'
De Cock streek met zijn pink over de rug van zijn neus.
'U bent dus niet zo blij met de trouwplannen van uw moeder?'
Rolandina Scheepers kneep haar dunne lippen op elkaar.
'Van dat huwelijk komt niets... al moeten we haar ontvoeren.'

# 4

Ze reden met hun Golf uit het Reigerspark in Purmerend weg. Vledder hield de snelheid laag... reed bijna stapvoets. Hij duimde over zijn schouder.
'Rolandina Scheepers woont met man en kinderen in een mooi huis.' In zijn stem trilde bewondering. 'Ik schat dat stulpje op minstens vier ton.'
De Cock glimlachte.
'Misschien is het een huis met gouden balken.'
Vledder keek hem verrast aan.
'Gouden balken?' vroeg hij niet-begrijpend.
De Cock knikte.
'Zo noemde men dat vroeger als er een zware hypotheek op een huis rustte.'
Vledder fronste zijn wenkbrauwen.
'Je bedoelt, dat de familie Scheepers ondanks dat mooie huis in het Reigersbos best in financiële moeilijkheden kan verkeren?'
'Precies.'
Vledder grijnsde.
'En dat een bevrijdend erfenisje van moeder Van Borsele hartelijk welkom zou zijn?'
De Cock knikte instemmend.
'Misschien rekenen ze daar in stilte wel op.'
'In stilte? Volgens mij hebben ze de buit al verdeeld.'
De Cock trok een bedenkelijk gezicht.
'Als moeder Marrigje Catharina van Borsele,' sprak hij traag, 'nog kort voor haar dood in gemeenschap van goederen trouwt met haar vriend Martijn Schuitema, dan lopen Rolandina en haar beide broers door dat huwelijk aardig wat duiten mis.'
Vledder keek hem van terzijde aan.
'Wil je geloven,' sprak hij ernstig, 'dat ik dat in stilte hoop.'
De Cock lachte.
'Waarom?'
Vledder schudde zijn hoofd.
'Ik vind die Rolandina Scheepers een onuitstaanbaar mens. Verschrikkelijk. Ik ben blij dat ik niet zo'n zuster heb. Wat een creatuur.'

De Cock grinnikte.
'Vrouwen zijn óf engelen óf hellevegen... iets daartussen ken ik niet.'
De jonge rechercheur blikte opzij.
'Ik heb je bewonderd. Je bleef zo vriendelijk tegen haar. Ik zat op hete kolen. Als ik het verhoor had geleid, dan had dat zeker een klacht opgeleverd.'
De Cock schoof zijn onderlip vooruit.
'Ze was in ieder geval openhartig.'
Vledder klemde zijn lippen op elkaar.
'Ik acht haar er toe in staat,' reageerde hij fel, 'om haar oude moeder stiekem te ontvoeren, zodat ze niet met die Martijn Schuitema kan trouwen.'
De jonge rechercheur zweeg even. Ineens keek hij De Cock met grote ogen aan.
'Dat is het... dat is het motief.'
'Waarvoor?'
Vledder gebaarde heftig.
'Voor het spoorloos verdwijnen van moeder Van Borsele,' riep hij opgewonden. 'Ze wordt ergens vastgehouden tot de voortschrijdende kanker zijn vernietigend werk heeft gedaan.'
De Cock knikte traag voor zich uit.
'Ik begrijp je,' sprak hij somber. 'Een dode moeder Van Borsele kan niet meer trouwen en haar gehele vermogen blijft in de familie.'
Het gezicht van Vledder werd rood van emotie.
'Er zijn er maar twee die er belang bij hebben dat moeder Van Borsele ongehuwd blijft... die Rolandina en haar broer Rigobert.'
De Cock draaide zich half naar hem toe.
'Jij sluit broer Roderick uit?'
Vledder knikte.
'In tegenstelling tot Rolandina is Roderick erg op zijn moeder gesteld. Hij praat ook heel anders over haar. Bovendien heeft Roderick haar geld niet nodig. Hij heeft een groot bedrijf.'
De Cock kauwde op zijn onderlip.
'Wat voor een bedrijf?'
Vledder trok zijn schouders op.
'Dat weet ik niet.'
De Cock wreef zich in zijn nek.
'Informeer eens hoe rendabel zijn bedrijf is. Als ook hij een fikse

financiële injectie heel goed kan gebruiken, dan mogen wij hem niet uitsluiten.'
Vledder knikte begrijpend.
'Maar Roderick,' ging hij onverstoord verder, 'was van de drie kinderen van moeder Van Borsele de enige die er op tegen was, dat omwille van de erfenis haar kapitale villa in het Gooi werd verkocht.'
'Dat pleit voor hem.'
'Dat bedoel ik. Hij is volgens mij niet zo'n aasgier als zijn zuster Rolandina.'
De Cock kauwde nadenkend op zijn onderlip.
'De moeilijkheid voor ons is, dat men zo'n ziek oud mens overal kan verstoppen... in een kamertje, een zomerhuis, een boot, een caravan.'
Vledder knikte instemmend.
'Dat lijkt mij inderdaad vrij eenvoudig. De oude mevrouw Van Borsele zal de kracht en inzet missen om zichzelf te bevrijden.'
De Cock staarde voor zich uit.
'Monsterlijk, als het waar is.'
Vledder klapte uit pure woede met zijn vuist op het stuur. Zijn neusvleugels trilden.
'Ik geef op dit moment,' brieste hij, 'de helft van mijn maandsalaris voor een ogenblikkelijk bevel tot huiszoeking in dat stulpje van die Rolandina Scheepers in het Reigersbos.'
De Cock schudde afkeurend zijn hoofd.
'Je moet je in dergelijke zaken nooit door je emoties laten leiden.'
Vledder liet de woede uit zich wegzakken. Hij parkeerde de Golf aan de rand van de weg en plukte een notitie uit het borstzakje van zijn colbert.
'Gaan we nu naar de Schippersstraat?'
'Wat is daar?'
Vledder gebaarde voor zich uit.
'Daar woont die Rigobert. Als ik het goed heb begrepen... aan het water van de Where.'
De Cock schudde zijn hoofd.
'Ik heb,' verzuchtte hij, 'voor vandaag aan die Rolandina genoeg van de familie Van Borsele. Ik stel voor dat wij nu naar dat flatgebouw aan de Burgemeester D.Kooimanweg gaan. Ik ben er vrijwel zeker van, dat Martijn Schuitema een sleutel heeft van de flat van

zijn vriendin. Zo intiem schat ik de relatie wel. Misschien vinden we daar een spoor... een aanwijzing die enig licht werpt op haar verdwijning.'
De grijze speurder staarde even peinzend voor zich uit.
'Bovendien heeft onze Martijn Schuitema ons vanmorgen helemaal niet verteld dat hij trouwplannen had met zijn Maria.'

Martijn Schuitema liet zijn hoofd iets zakken.
'Het is juist,' antwoordde hij beschaamd. 'Ik heb er met u niet over gesproken. Ik dacht niet dat het terzake deed. Maar Maria en ik hadden inderdaad trouwplannen. Ik heb haar formeel ten huwelijk gevraagd. En ze leek heel erg blij met mijn aanzoek.'
De Cock keek hem schuins aan.
'Leek?'
Martijn Schuitema knikte.
'We hadden al een trouwdag vastgesteld... uitgezocht wat wij die dag zouden dragen... toen Maria plotseling met bezwaren kwam. Als je met mij trouwt, zei ze, ben je binnen de kortste keren opnieuw weduwnaar. Je weet dat ik niet lang meer heb te leven.'
De Cock plukte aan zijn onderlip.
'Dat klinkt redelijk,' sprak hij instemmend. 'Hoe reageerde u?'
Martijn Schuitema ademde diep.
'Ik zei, dat haar ziekte voor mij geen enkel verschil maakte. Ik ben een ouderwets man... misschien niet meer van deze tijd. Ik ben nog behept met de romantische gedachte, dat het onze opgave is om een ander gelukkig te maken.'
De Cock knikte hem bemoedigend toe.
'Een nobele gedachte.'
Martijn Schuitema spreidde zijn beide handen.
'Ik zag een huwelijk tussen Maria en mij als de bevestiging van onze liefde voor elkaar.'
De Cock fronste zijn wenkbrauwen.
'Golden haar bezwaren alleen haar ziekte?'
Martijn Schuitema maakte een hulpeloos gebaar.
'Aanvankelijk wel. Later bleek dat ook haar kinderen een bezwaar vormden.'
'Hoezo?'
'Die wilden niet dat Maria nog eens in het huwelijk trad.'
De Cock keek hem onderzoekend aan.

'Vanwege de erfenis?'
Martijn Schuitema knikte.
'Maria bezit een vermogen. Ze heeft mij nooit precies verteld hoe groot dat vermogen is, maar alleen al haar pakket aandelen vormt een indrukwekkend kapitaal.' Hij zwaaide om zich heen. 'Ze zou een veel grotere staat kunnen voeren dan zo'n nietig flatje aan de Burgemeester D. Kooimanweg in Purmerend.'
'Beheerde ze dat geld alleen?'
Martijn Schuitema knikte nadrukkelijk.
'Maria is heel kien... beslist geen achterlijk oud vrouwtje. Zij verbaast mij altijd met haar zakelijk inzicht.'
De Cock hield zijn hoofd iets schuin.
'Leefde ze zo bescheiden om haar kinderen een grotere erfenis te kunnen nalaten?'
Martijn Schuitema schudde zijn hoofd.
'De verhouding tussen Maria en haar kinderen Rigobert en Rolandina was niet zo best. Die twee waren bang dat zij een groot deel van hun erfenis zouden kwijtraken bij een huwelijk tussen Maria en mij.'
'Was die vrees ongegrond?'
'Hoe bedoelt u?'
'Waren Maria en u van plan om in gemeenschap van goederen te trouwen, zodat u van haar vermogen zeker de helft en een kindsdeel zou afsnoepen?'
Martijn Schuitema schudde zijn hoofd.
'Dat is in het geheel niet mijn bedoeling... nooit geweest. Ik ben niet, zoals Rigobert en Rolandina steeds beweren, op haar geld uit.'
De Cock stak zijn rechterhand naar hem uit.
'Het verwondert mij niets,' sprak hij achteloos, 'dat men zo denkt.'
Martijn Schuitema leunde iets achterover in zijn fauteuil.
'Ik ben bijna veertig jaar als ingenieur in dienst geweest van een groot bouwbedrijf. Ik heb een redelijk pensioen... kan mij er best mee redden... zelfs met Maria tot mijn last.'
'Hebt u dat aan de kinderen uitgelegd?'
'Zeker.'
'En?'
Martijn Schuitema schudde zijn hoofd.
'Ze geloven mij niet. Ze zien in mij nog steeds een soort goudzoeker... een huwelijkszwendelaar. Roderick is best een aardige jongen, maar die andere twee waren soms zeer beledigend.'

'En dat verdroeg u?'
Martijn Schuitema maakte een hulpeloos gebaar.
'Ik heb Maria voorgesteld om naar een notaris te gaan om te laten vastleggen, dat bij een huwelijk tussen Maria en mij haar kinderen bij de dood van hun moeder toch alles zouden erven.'
De Cock keek hem ongelovig aan.
'U wilt niets van uw toekomstige vrouw erven?'
'Absoluut niet. In ben niet geïnteresseerd in haar geld... alleen in haar... Maria.'
De Cock beluisterde de toon.
'Bent u beiden naar een notaris gegaan?'
Martijn Schuitema schudde zijn hoofd.
'Dat wilde Maria niet.'
De Cock reageerde verrast. 'Wat wilde Maria niet?'
'Dat haar kinderen... dus ook Rigobert en Rolandina... haar hele vermogen zouden erven.'
De Cock keek hem niet-begrijpend aan.
'Waarom niet?'
Martijn Schuitema zuchtte.
'Het is een oud zeer. Rigobert en Rolandina hebben Maria na het overlijden van hun vader ronduit slecht behandeld. Ze hebben haar als het ware haar huis uitgejaagd. Maria bezat een kapitale villa in het Gooi. Om aan de erfrechten van die twee te voldoen, moest ze haar huis verkopen. Maria was heel erg aan die villa gehecht. Die verkoop heeft haar veel pijn gedaan.'
'En sindsdien is er een verwijdering.'
'Precies.'
De Cock boog zich iets naar voren.
'Toch begrijp ik het niet,' sprak hij geduldig. 'Als Maria niet wilde dat haar kinderen Rigobert en Rolandina haar gehele vermogen zouden erven, waarom stapte ze dan niet gezellig aan uw arm naar het stadhuis en trouwde met u in gemeenschap van goederen?'
Martijn Schuitema antwoordde niet direct. Hij verborg zijn gezicht in zijn handen. Het duurde enige tijd voor hij zich weer had hervonden.
'Maria... Maria was bang... doodsbang.'
'Voor wie?'
Martijn Schuitema keek naar hem op. Zijn handen trilden en in zijn helblauwe ogen lag een hulpeloze blik.

'Rolandina en Rigobert... ze dreigden haar en mij te vermoorden als wij het zouden wagen om samen een huwelijk aan te gaan.'

Vledder startte de motor van de Golf en reed van het flatgebouw weg. 'Gaan we terug naar Amsterdam?'
'Ja.'
Het gezicht van de jonge rechercheur zag rood.
'Wat een ellendelingen,' siste hij.
De Cock glimlachte.
'Je bedoelt broer en zus... Rigobert en Rolandina.'
'Precies. Hoe haal je het in je hoofd om een paar oude mensen zo onder druk te zetten? Die twee zijn van de ratten besnuffeld.'
De Cock klikte zijn veiligheidsgordel vast.
'Als men op Urk van iemand zegt dat hij of zij best een aardig mens is, dan volgt steevast de vraag: Heb je wel eens met hem of haar geërfd?'
'Waarom?'
'Urkers zijn realisten. Zij weten dat juist bij het verdelen van erfenissen in de mens de boosaardigste eigenschappen losbarsten.'
Vledder nam even zijn handen van het stuur.
'Dat kan wel waar zijn,' sprak hij heftig gebarend, 'maar dit grenst toch aan het ongelooflijke. Het liefst zou ik die Rolandina en Rigobert... wat een namen... zo achter slot en grendel zetten.'
De Cock keek hem van terzijde aan.
'Op basis waarvan?'
Vledder grinnikte vreugdeloos.
'Dreigen met geweld is toch strafbaar? Dit... eh, dit is misdadig.'
De Cock knikte.
'Maar hoe wil je het bewijzen? Voorlopig hebben we alleen de verklaring van die Martijn Schuitema. En dat is onvoldoende.'
Vledder gebaarde heftig.
'Rolandina heeft toch gezegd: van-dat-huwelijk-komt-niets... almoeten-we-haar-ontvoeren.'
'Is dat strafbaar?'
Vledder zuchtte.
'Alles bijeen... het verdwijnen van de oude mevrouw Van Borsele... de uitlatingen van haar dochter Rolandina en de verklaring van Martijn Schuitema... is er toch sprake van een redelijke bewijslast?'

De Cock schudde zijn hoofd.
'Ik denk niet dat je een officier van justitie bereid vindt om op die basis iets te ondernemen.'
Vledder blikte opzij.
'We kunnen het toch proberen?' riep hij geëmotioneerd. 'Ik ben onmiddellijk bereid om naar het Reigersbos terug te rijden om die Rolandina Scheepers bij haar kladden te vatten.'
De Cock trok gelaten zijn schouders op.
'Wat heb ik aan een arrestatie als ik die twee na een enkel telefoontje met justitie weer moet laten lopen?'
Vledder maakte een gebaar van wanhoop.
'Wat moeten we dan?'
De Cock liet zich iets onderuitzakken.
'De oude mevrouw Van Borsele vinden,' antwoordde hij kalm. 'Met haar verklaring erbij, zie ik wel mogelijkheden.'
Vledder trok een bedenkelijk gezicht.
'Impossibilium nulla obligatio est.'
De Cock keek zijn jonge collega verrast aan.
'Sinds wanneer doe jij iets aan Latijn?'
Vledder grijnsde.
'Sinds jij met Latijnse teksten schermt.'
'Weet je wat het betekent?'
Vledder knikte.
'Impossibilium nulla obligatio est... tot het onmogelijke kan niemand worden verplicht. Het vinden van de oude mevrouw Van Borsele is als het zoeken naar een naald in een hooiberg.'
Een tijdlang reden ze zwijgend voort. Toen ze Het Schouw voorbij waren en de IJtunnel in zicht kwam, drukte De Cock zich weer omhoog.
'Heb jij in het flatje van de oude mevrouw Van Borsele nog aanwijzingen gevonden?'
Vledder schudde zijn hoofd.
'Ik heb niets aangetroffen wat voor ons onderzoek van belang leek.' De jonge rechercheur tastte naar de binnenzak van zijn colbert. 'Op het dressoir stond een foto van een bejaarde vrouw. Die heb ik uit de lijst genomen en aan Martijn Schuitema laten zien. Volgens hem was het een foto van zijn Maria.'
De Cock glimlachte.
'Je begint het vak te leren.' Hij nam de foto van hem over. 'Een

knappe oude dame,' stelde hij vast. De oude rechercheur bekeek de achterkant. 'Het kiekje is van vorig jaar.'
De Cock borg de foto in zijn eigen binnenzak op.
'Ben je ook in haar badkamer geweest?'
Vledder blikte opzij.
'Daar was jij toch?'
De Cock knikte.
'Ik had als kind al de neiging om wanneer ik langs een spiegel kwam, naar mijn evenbeeld te kijken. Mijn vader vond dat irritant en schreef met een stuk toiletzeep op alle spiegels in ons huis: memento mori... gedenk te sterven.'
'Onaardig.'
De Cock glimlachte.
'Ik moest aan hem denken toen ik in de badkamer van de oude mevrouw Van Borsele op de spiegel boven de wastafel een met zeep geschreven tekst las.'
Vledder keek hem gespannen aan.
'Wat voor een tekst?'
De Cock antwoordde niet direct. Hij stak zijn hand in een zijzak van zijn regenjas en toonde Vledder een sleutel.
'Van de flat van mevrouw Van Borsele,' verduidelijkte hij. 'Die heb ik Martijn Schuitema afgenomen.'
'Waarom?'
'Ik wil dat Bram van Wielingen, onze fotograaf, morgen een plaat van die spiegeltekst maakt.'
Vledder reageerde ongeduldig.
'Wat voor een tekst?' herhaalde hij dwingend.
De Cock draaide zich iets naar hem toe.
'*Roderick-heeft-gelijk,* stond er in een fors handschrift, *de-hemel-kan-wachten.*'

# 5

Nog kauwend aan een broodje gezond kwam De Cock vanuit de kantine de grote recherchekamer binnen. De oude rechercheur slofte naderbij en liet zich in zijn stoel achter zijn bureau zakken.
'Heb je hem te pakken gekregen?'
'Onmiddellijk.'
'Wat zei Roderick van Borsele?'
Vledder glimlachte.
'Die tekst op de spiegel in de badkamer van zijn moeder vond hij amusant.'
De Cock fronste zijn wenkbrauwen.
'A-mu-sant?'
Vledder knikte.
'Volgens Roderick van Borsele maakte zijn moeder vaak aantekeningen met een stuk toiletzeep op de spiegel. Wanneer ze beslist iets niet mocht vergeten, dan schreef ze het 's avonds op de spiegel in de badkamer. De volgende morgen werd ze dan onmiddellijk met haar aantekeningen geconfronteerd.'
De Cock knikte begrijpend.
'Mijn vader was dus niet de enige die met toiletzeep op spiegels schreef.' Hij hield zijn hoofd iets schuin. 'Wat zei hij van de tekst: Roderick heeft gelijk... de hemel kan wachten?'
Vledder maakte een weifelend gebaar.
'Roderick van Borsele dacht dat die tekst sloeg op een gesprek dat hij onlangs met zijn moeder had over haar ziekte. Roderick had zijn oude moeder voorgehouden dat... wanneer ze zich voornam om met uiterste wilskracht tegen die verschrikkelijke ziekte te vechten... de hemel nog best een poosje kon wachten.'
De Cock plooide zijn lippen in een tuitje.
'Men zou die tekst op de spiegel dan als een juichkreet kunnen opvatten.'
Vledder knikte.
'Dat meende Roderick van Borsele ook; een soort geestelijk reveil.'
De Cock dacht even na.
'Wist Roderick van Borsele dat zijn moeder trouwplannen had?'
Vledder boog zich iets naar voren.
'Roderick van Borsele zei dat hij een bejaarde man, die Martijn

heette, een paar maal in de flat bij zijn moeder in Purmerend had ontmoet. De bejaarde vriend van zijn moeder had op hem een goede indruk gemaakt. Schoon, goed verzorgd en erudiet. Roderick was ervan overtuigd, dat zijn moeder erg op die Martijn was gesteld. Er was volgens hem sprake van een innige band. Toen zijn moeder een paar maanden geleden het onderwerp huwelijk aansneed, had hij haar aangespoord om zo snel mogelijk met die Martijn te trouwen.'

'Kende hij de reacties van de andere kinderen... Rolandina en Rigobert?'

Vledder zuchtte.

'Dat onderwerp heb ik niet aangeroerd. Het leek mij niet goed om dat in een telefoongesprek te doen.'

De Cock knikte hem toe.

'Heel goed,' sprak hij lovend. 'Heel verstandig. We zullen Roderick van Borsele daartoe nog eens uitnodigen voor een gesprek. Het is beter zijn reacties niet alleen te horen, maar ook te zien.'

Vledder trok een denkrimpel in zijn voorhoofd.

'Toch zit mij iets dwars.'

'Wat?'

'Als er tussen Roderick en zijn moeder een vertrouwensrelatie bestond... en Roderick suggereert dat er een goede verstandhouding was... dan zal de oude mevrouw Van Borsele zich toch wel eens over het gedrag van haar andere kinderen... Rolandina en Rigobert hebben beklaagd? Volgens Martijn Schuitema was ze doodsbang voor die twee.'

'Dat is een goede opmerking,' sprak De Cock prijzend. 'En als wij aannemen dat zij zich heeft beklaagd, dan kan men zich afvragen waarom Roderick nooit iets tegen die twee heeft ondernomen.'

Vledder trok een grijns.

'Ik kan er niets aan doen, maar als je het mij vraagt... stinkt het bij de familie Van Borsele.'

De Cock lachte.

'In elke familie is sores. Heb je Roderick nog gevraagd met welke trein zijn moeder die bewuste dag naar Amsterdam zou komen?'

Vledder knikte en raadpleegde een notitie voor zich op zijn bureau.

'De oude mevrouw Van Borsele nam altijd dezelfde trein. Dat was de trein die om 18.45 uur van het station Purmerend-Overwhere vertrekt en om 19.13 uur in Amsterdam Centraal Station aankomt.

Vandaar nam ze dan een taxi en was dan zo rond half acht, kwart voor acht bij hem thuis aan de Keizersgracht.'
De Cock knikte begrijpend.
'Wat zei de taxicentrale?'
Vledder schudde zijn hoofd.
'Omtrent dat tijdstip geen rit van het Centraal Station naar de Keizersgracht bij de Amstel.'
De Cock plukte aan zijn onderlip.
'Daar was ik al bang voor.' Hij zweeg even en dacht na. 'Kwam ze vaak?'
'Wat bedoel je?'
'Kwam ze vaak bij Roderick op bezoek?'
'Eenmaal per week.'
'Met haar kat?'
Vledder lachte.
'Dat heb ik niet gevraagd.'
De Cock maakte een grimas.
'Volgens Rolandina sleepte ze die kat overal mee naar toe.' De oude rechercheur stond van zijn stoel op en slenterde naar de kapstok.
Vledder kwam hem achterna.
'Waar ga je heen?'
De Cock draaide zich half om.
'Naar Smalle Lowietje. Mijn droge keel dorst naar een cognackie.'

Lowietje, wegens zijn geringe borstomvang in het woelige wereldje van de penoze meest Smalle Lowietje genoemd, wreef zijn kleine handjes langs zijn morsig vest en begroette de oude rechercheur met glinsterende ogen.
'Welkom, welkom,' kirde hij uitbundig. 'Welkom in mijn nederig etablissement. Ik dacht dat men jou naar een of andere regio had overgeplaatst, zo weinig zie ik je de laatste tijd. Of zijn bij de recherche spiritualiën tot verboden geneugten verklaard?'
De Cock lachte hartelijk.
'Als ik jouw etablissement niet meer zou mogen bezoeken, nam ik ontslag.' Hij schuifelde naar het einde van de bar en hees zijn negentig kilo op een kruk. Het was zijn vaste stek. Hij wist hoe licht ontvlambaar de gemoederen in de buurt waren. Vanaf die plaats had hij een goed overzicht op alles.
Vledder nam lenig naast hem plaats. Hij voelde zich steeds meer

thuis in het schemerige, intieme lokaaltje van Smalle Lowietje, waar meisjes van de vlakte verpozing en vergetelheid zochten achter een pittig likeurtje of een citroentje met suiker.
De tengere caféhouder keek naar de oude rechercheur op. Zijn vriendelijk muizensmoeltje glom van genegenheid.
'Hetzelfde recept?'
De Cock antwoordde niet. Hij wist dat dit niet van hem werd verlangd. De vraag vormde slechts een inleiding... een inleiding tot een bijna sacraal gebeuren. Vergenoegd keek hij toe hoe Smalle Lowietje aalglad onder de tapkast dook en te voorschijn kwam met een fles pure Franse cognac Napoleon, die de kastelein speciaal voor hem gereserveerd hield.
De tengere caféhouder zette drie diepbolle glazen op de bar. Hij dronk altijd een glas mee. Behoedzaam schonk hij in.
De Cock genoot van de koesterende toewijding waarmee de kastelein hem bediende. De schaarse momenten die de misdaad hem vergunde bij Smalle Lowietje door te brengen, probeerde hij in zijn herinnering vast te leggen. Hij hief het glas op, schommelde het zachtjes in zijn hand en snoof. Op zijn breed gezicht vol groeven verscheen een glans van opperste verrukking. Met getuite lippen nam hij een slok en liet het vocht genietend door zijn dorstige keel glijden. Even sloot hij zijn ogen, toen zette hij het glas omzichtig op de bar terug.
Smalle Lowietje keek hem verwonderd aan.
'Je hebt geen toost uitgebracht.'
De Cock trok een somber gezicht.
'Is er op deze gewelddadige wereld nog iets om vrolijk op te toosten?'
De tengere caféhouder hief juichend zijn arm omhoog.
'Op de misdaad... lang zal ze leven. Zonder misdaad was jij werkeloos.'
De Cock schudde zijn hoofd.
'Misdaad is van alle tijden,' reageerde hij rustig. 'Kaïn – Ben ik mijn broeders hoeder? – sloeg Abel. En Ali Baba – Sesam, open u! – had veertig rovers. Het is nooit anders geweest. Een wereld zonder criminelen en zonder geweld is een illusie.'
Smalle Lowietje keek hem onderzoekend aan.
'Ben je een tikkeltje chagrijnig?'
De Cock lachte vrijuit.

'Je moet als rechercheur,' grapte hij, 'niet gaan filosoferen over je werk... dat brengt slechts droefenis.'
'Druk aan de Kit?'
'Nogal.'
'Waar ben je mee bezig?'
De Cock glimlachte.
'Het spoorloos verdwijnen van een oud vrouwtje met haar kat in een mandje.'
Smalle Lowietje keek hem gniffelend aan.
'En daar spendeer jij je kostbare tijd aan?'
De Cock knikte.
'Ik vind haar verdwijnen belangrijk genoeg voor een onderzoek. De politiek heeft een scheiding gemaakt tussen grote en kleine criminaliteit... ik niet.'
'Denk je dat ze is vermoord?'
De Cock trok zijn schouders op.
'Ze verliet met haar zwarte kater in een mandje haar flat in Purmerend en daarna schijnt niemand haar meer te hebben gezien.'
Smalle Lowietje reageerde verrast.
'Dat is toch een zaak voor de politie in Purmerend?'
Vledder gniffelde.
'Nu hoor je het ook eens van een ander.'
De Cock negeerde de opmerking.
'Ze zou hier in Amsterdam,' ging hij onverstoord verder, 'aan de Keizersgracht haar oudste zoon bezoeken, maar is daar nooit gearriveerd.'
De grijze speurder pakte zijn glas op en nam nog een slok van zijn cognac. Over zijn glas keek hij de kastelein peinzend aan.
'Zegt jou de naam Van Borsele iets?'
Smalle Lowietje knikte.
'Ricky van Borsele... runt hier verderop aan de Wallen een sextent.'
De Cock toonde verbazing.
'Nooit van gehoord. Al lang?'
'Een paar maanden. Hij heeft die tent van Utrechtse Jantje overgenomen.'
'Voor veel geld?'
'Er wordt gefluisterd voor ruim een half miljoen.'
'Ken jij hem?'

Smalle Lowietje spreidde zijn beide handen.
'Ik heb hem hier in mijn etablissement wel eens een pilsje getapt. Een goede veertiger... zwart, een beetje grijs aan de slapen.'
'Een jongen uit de penoze?'
Smalle Lowietje schudde zijn hoofd.
'Die Ricky is geen jongen hier uit de buurt. Ik kende hem niet. Volgens zeggen komt hij uit Purmerend.' De tengere caféhouder lachte. 'Hij heeft wel iets nieuws op de Wallen gebracht.'
'Nieuws?'
Smalle Lowietje lachte opnieuw.
'Hij heeft in zijn bordeel niet alleen een stel bloedmooie meiden zitten, maar ook een heel assortiment lieve oude dametjes. Die zitten opgepoetst voor het raam in van die lange onderbroeken met franje, zoals onze grootmoeders die droegen.'
De Cock trok een vies gezicht.
'Oude dametjes in onderbroeken?'
'Ja.'
'Wat doet hij daar mee?'
Smalle Lowietje grinnikte.
'Het is business,' legde hij uit. 'Er is aardig wat vraag naar lieve oude dametjes die er nog wat voor voelen. Dat blijkt. Hier in de buurt spreken ze van een markt voor groentefielen.'
De Cock fronste zijn wenkbrauwen.
'Je bedoelt ge-ron-to-fielen?'
Smalle Lowietje maakte een achteloos gebaar.
'Dat kan wel... gerontofielen. Daar lijkt het op.'
De Cock kneep even zijn beide ogen dicht.
'Mannen die zich seksueel tot bejaarde vrouwen voelen aangetrokken.'
Vledder keek hem beduusd aan.
'Zijn die er?'
De Cock antwoordde niet. Hij zette zijn lege glas terug op de bar en nam uit de binnenzak van zijn colbert de foto van de oude mevrouw Van Borsele. Hij legde het portret voor zich neer en schoof het de caféhouder toe.
'Heb je haar wel eens gezien?'
Smalle Lowietje pakte de foto op en hield hem beter onder het licht. Hij knikte traag voor zich uit.
'Ze was hier een keer met die Ricky... zaten daar bij het raam.'

'Wanneer?'
'Een paar maanden geleden... kort nadat hij die tent hier opnieuw had geopend.'
De Cock slikte.
'Behoorde zij,' reageerde hij vol ongeloof, 'tot het assortiment lieve oude dametjes dat Ricky in de aanbieding had?'
Smalle Lowietje keek hem vernietigend aan.
'Hoe weet ik dat?' riep hij verontwaardigd. 'Ben ik een groentefiel... gek op ouwe wijfies? Ik ben nog nooit in die tent van Ricky van Borsele geweest. Ik kom vrijwel nooit de deur van mijn etablissement uit. Wat ik weet... wat ik je vertel... is van horen zeggen.'
De Cock keek hem glimlachend aan.
'Wind je niet op, Lowie.' Hij wees naar zijn glas. 'Schenk nog eens in.'

Na een vrolijk afscheid verlieten de beide rechercheurs het café van Smalle Lowietje en slenterden over de Achterburgwal. Er viel een miezerige motregen, die kleefde aan de huid. De Cock wreef met zijn vlakke hand de regen van zijn gezicht. Daarna trok hij de kraag van zijn regenjas omhoog en schoof zijn oude hoedje ver naar voren. Onder zijn voeten glommen de keitjes van de gracht in het stuntelige gele licht van de lantaarnpalen. Over het water hingen nevelsluiers. Het was vrij rustig op de Wallen. Bij de meeste hoerenpandjes bleven de gordijnen gesloten. Het voortsjokkende leger van behoeftigen was nog niet op gang gekomen.
Bij de Oude Kennissteeg staken de rechercheurs de brug over naar het Oudekerksplein.
Vledder blikte opzij.
'Wat denk je van het verhaal van Smalle Lowietje?'
'Over die Ricky van Borsele?'
Vledder knikte.
'En het feit dat de oude mevrouw Van Borsele in zijn gezelschap was?'
De Cock trok zijn gezicht in een ernstige plooi.
'Ricky van Borsele is vrijwel zeker haar zoon Rigobert. Ik heb daar geen twijfels over.' Ik vermoed dat Rigobert zijn moeder na de overname van die tent een keer heeft meegenomen om haar te laten zien wat hij had aangekocht.'
Vledder schudde zijn hoofd.

'Dan was de verhouding tussen moeder en zoon Rigobert toch niet zo slecht als Martijn Schuitema ons wil doen geloven.'
De Cock maakte een schouderbeweging.
'We weten nog zo weinig,' sprak hij ontwijkend. 'Ik vraag mij af waar Rigobert, alias Ricky van Borsele, dat half miljoen vandaan had om die sex-tent te kopen.'
Vledder keek hem verrast aan.
'Van zijn moeder?'
De Cock knikte traag.
'Misschien wilde moeder Van Borsele wel eens zien welke investeringen haar zoon Rigobert had gedaan.'
Vledder duimde over zijn schouder.
'Moeten we niet eens in die tent gaan kijken?'
De Cock schudde zijn hoofd.
'Dat kan nog wel even wachten. Je gaat er toch niet vanuit dat Rigobert zijn oude zieke moeder als hoer laat optreden.'
Vledder grijnsde.
'Dat kan toch?' riep hij opstandig. 'Het zou mij niets verbazen. Volgens mij is men in die familie Van Borsele tot alles in staat.'
De Cock schoof zijn oude hoedje iets naar achteren.
'Zoon Oedipus*,' merkte hij kalm op, 'doodde zijn vader en trouwde zijn eigen moeder.'
Vledder keek hem met open mond aan.
'Wie is Oedipus?'
De Cock antwoordde niet. Hij schoof de mouw van zijn regenjas iets terug en keek op zijn horloge.
'Hoe laat vertrok die trein van het station Purmerend Overwhere?'
'Je bedoelt die trein waarmee de oude mevrouw Van Borsele die bewuste avond naar Amsterdam-Centraal zou reizen?'
'Precies.'
'Kwart voor zeven.'
De Cock raadpleegde opnieuw zijn horloge.
'We hebben nog een half uur. Halen we dat?'
Vledder keek hem niet-begrijpend aan.
'Wat wil je dan?'
De Cock versnelde zijn pas.

* Figuur uit de Griekse mythologie, aan wie Sigmund Freud het Oedipus-complex ontleende.

'Rond de klok van kwart voor zeven... van het station Purmerend-Overwhere, praten met mensen op het perron die op de trein naar Amsterdam staan te wachten.'
'Denk je dat dat iets oplevert?'
De Cock knikte nadrukkelijk.
'Vaak treft men op een perron, wachtend op een bepaalde trein, dezelfde mensen aan.'
Vledder kneep zijn wenkbrauwen samen.
De Cock vervolgde: 'Een eenzame oude dame met een rieten mandje, waarin haar kat... dat moet zijn opgevallen.'

# 6

Het was druk op de smalle weg langs het Noordhollandskanaal. Een eindeloze rij auto's gleed door een donker mistig landschap in de richting van Purmerend.
Lichtschijnsels uit de koplampen van tegenliggers flitsten door het interieur van de Golf.
Vledder keek met een bezorgd gezicht op zijn horloge.
'Ik hoop niet dat we straks in een file terechtkomen, want dan redden we het niet.'
De Cock drukte zich overeind.
'Dat zou jammer zijn,' verzuchtte hij. 'Maar misschien herinnert de man of vrouw aan het loket zich nog of er aan de oude mevrouw Van Borsele een kaartje is verkocht. En als het vandaag niet lukt... proberen we het morgen opnieuw.'
Vledder keek hem van terzijde onderzoekend aan.
'Je wilt per se met dit onderzoek doorgaan?'
De Cock knikte.
'Jij niet?'
Over het gezicht van Vledder gleed een glimlach.
'Je denkt toch niet dat ik jou alleen laat modderen.'
De Cock legde even vertrouwelijk zijn hand op de arm van zijn jonge collega.
'Bedankt,' reageerde hij simpel.
Vledder kauwde nadenkend op zijn onderlip.
'En als iemand zich herinnert,' sprak hij weifelend, 'dat ze in Overwhere een spoorkaartje heeft gekocht... als iemand haar op het perron met haar kat in een mandje heeft gezien... wat... wat...?'
De jonge rechercheur maakte zijn vraag niet af.
De Cock vulde hem achteloos aan.
'Als ze op het station Purmerend-Overwhere op de trein is gestapt, dan kunnen we in alle redelijkheid aannemen, dat de oude mevrouw Van Borsele met haar kater Amsterdam-Centraal heeft bereikt en zullen wij ons onderzoek daarop moeten richten.'
Vledder zwaaide voor zich uit.
'Ze kan ook onderweg zijn uitgestapt... bijvoorbeeld in Zaandam of op het station Sloterdijk.'
De Cock schudde zijn hoofd.

'Dat is erg speculatief. Mevrouw Van Borsele was ondanks haar ziekte en hoge leeftijd nog goed ter been. Ze was ook geestelijk niet in de war. Bovendien bezocht ze haar oudste zoon elke week... maakte ze elke week dat treinreisje Purmerend-Amsterdam.'
'Je hebt gelijk,' stemde Vledder in. 'Het ritje was voor haar bijna routine.' De jonge rechercheur zweeg even. 'Als we niemand kunnen vinden,' vervolgde hij nadenkend, 'die haar op het perron van station Overwhere heeft gezien, dan zouden wij er van uit moeten gaan, dat zij het station nooit heeft bereikt en dat haar dus in Purmerend iets is overkomen.'
De Cock stak zijn handen naar voren.
'Grof gesteld: is de oude mevrouw Van Borsele wel op het perron gezien, dan moeten wij haar zoon Rigobert met zijn sex-tent in Amsterdam eens onder de loep nemen. Is ze niet op het perron gezien, dan gaan wij nog eens bij dochter Rolandina op bezoek.'
'Jij gaat er absoluut van uit,' formuleerde Vledder voorzichtig, 'dat haar familie iets met het verdwijnen van mevrouw Van Borsele heeft te maken?'
De Cock knikte traag.
'Wij mogen zeker ook andere mogelijkheden niet uitsluiten, maar voor zover wij nu weten, hebben alleen haar kinderen een motief.'
'Je bedoelt: het tegengaan... het voorkomen van een huwelijk tussen haar en haar vriend Martijn Schuitema?'
'En daarbij het verlies van een groot deel van de erfenis.'
Vledder maakte een grimas.
'Voor dat doel had men toch ook die Martijn Schuitema kunnen laten verdwijnen?'
De Cock schudde zijn hoofd.
'Dat heeft niet hetzelfde effect. Als Martijn Schuitema verdwijnt, blijft voor de op de erfenis jagende kinderen altijd nog de mogelijkheid open, dat hun moeder voor haar dood nog eens op een ander verliefd wordt... en wil trouwen.'
'Een oud ziek mens van drieënzeventig jaar,' reageerde Vledder op spottende toon. 'Het is geen jonge wulpse meid met kriebels.' De jonge rechercheur veranderde van onderwerp. 'Ik heb voor je geïnformeerd naar de zaak van Roderick van Borsele.'
'En?'
'Hij is mededirecteur en mede-eigenaar van het visfileerbedrijf Bathmen & Van Borsele.'

'Waar is dat bedrijf gevestigd?'
'In IJmuiden. Een financieel gezond bedrijf. Hij heeft zo rond de twintig fileerders in vaste dienst. Exporteert grote hoeveelheden vis naar Frankrijk en Italië... meest tong, maar ook schol en kabeljauw.'
De Cock grinnikte.
'Ex Absurdo... de ene broer exploiteert seks, de andere exporteert vis. En wat doet de heer Scheepers, de man van Rolandina?'
Vledder trok zijn schouders op.
'Daar kom ik niet achter,' sprak hij wrevelig. 'De... volgens mijn informanten altijd perfect geklede en gekapte... heer Henri Antoine Maurice Scheepers doet iets onduidelijks in Den Haag.'
De Cock glimlachte.
'Iets onduidelijks?'
Vledder knikte.
'Het schijnt dat hij in opdracht van enige grote Nederlandse bedrijven bij diverse ministeries belangrijke regeringsopdrachten probeert binnen te slepen.'
'Hoe?'
Vledder grinnikte. 'Dat zul je hem zelf moeten vragen, maar ik denk niet dat hij je dat zal vertellen.'
Ze reden over de Gorslaan Purmerend binnen. Via de Churchilllaan trokken ze langs het winkelcentrum MEKADO naar het station Purmerend-Overwhere.
Vledder parkeerde de Golf met gierende remmen bij flat De Boeier. Tijdens het uitstappen keek hij op zijn horloge.
'We hebben nog zeven minuten.'
Zonder de wagen slotvast af te sluiten liep hij met stevige tred in de richting van het station. Hijgend en zwetend onder de eigengebreide pullover, die zijn vrouw hem dwong te dragen zolang er nog een 'r' in de maand was... volgde De Cock.
Op het natte kille perron, wachtend op de trein naar Amsterdam, stond een groepje reizigers dicht bijeen. Zwaar hijgend liep De Cock op hen toe. Toen zijn ademhaling weer enigszins op peil was, duimde hij opzij naar Vledder.
'Wij zijn rechercheurs van het bureau Warmoesstraat in Amsterdam. Wij zijn op zoek naar een oud vrouwtje met een kat in een mandje. Wij vermoeden dat ze hier twee dagen geleden op dit tijdstip op de trein naar Amsterdam heeft staan wachten.'

Een lange magere vrouw in een zwarte duffelse mantel en met een vuurrode dikke wollen sjaal om haar slanke hals, knikte nadrukkelijk.
'Dat klopt,' sprak ze hees. 'Ik weet ook wie u bedoelt. Ze staat hier wel meer om deze tijd.'
'Met haar kat in een mandje?'
De vrouw trok haar schouders op.
'Twee dagen geleden had ze wel een rieten mandje bij zich. Anders niet.' De vrouw zweeg even. 'En dan was er iets geks.'
De Cock keek haar gespannen aan.
'Wat?'
De vrouw wees voor zich uit.
'Ze stond op het verkeerde perron.'

Met gebogen hoofd en een somber gezicht liepen de beide rechercheurs van het station Overwhere terug naar hun Golf. Alle theorieën omtrent het verdwijnen van de oude mevrouw Van Borsele leken plotseling van geen enkele waarde. De miezerige motregen die op hen neerdaalde, typeerde hun stemming in mineur.
Vledder startte de motor en zette de ruitewissers aan.
'Terug naar Amsterdam?'
De Cock trok hoofdknikkend zijn veiligheidsgordel iets losser en liet zich onderuitzakken. De plooien in zijn markant gezicht leken dieper dan normaal.
'Ze stond op het verkeerde perron... ze stond op het verkeerde perron... ze stond op het verkeerde perron... ze stond op het...'
De oude rechercheur herhaalde het als een echo.
Vledder keek op hem neer.
'Wat ben je aan het doen?'
De Cock tikte met de knokkels van zijn rechterhand tegen zijn voorhoofd.
'Ik probeer het in mijn kop te stampen.'
'Waarom?'
De Cock ademde diep.
'Omdat het niet tot mij door wil dringen.'
Vledder trok achteloos zijn schouders op.
'Het is niet zo ingewikkeld,' legde hij geduldig uit. 'Op praktisch hetzelfde tijdstip vertrekt er van het andere perron in Purmerend-Overwhere een trein uit Amsterdam in de richting Hoorn-Enkhui-

zen... een verschil van een minuut... negentien-uur-veertien... negentien-uur-vijftien.'
De Cock schudde zijn hoofd.
'Dat bedoel ik niet,' riep hij geprikkeld. 'Wat moet dat mens met haar kat in Hoorn of Enkhuizen?'
Vledder maakte een hulpeloos gebaar.
'Misschien was ze in de war... is ze per ongeluk op het verkeerde perron terechtgekomen?'
De Cock drukte zich met een strak gezicht iets omhoog.
'De oude mevrouw Van Borsele was niet in de war,' reageerde hij nukkig. 'Ze wist volgens mij verrekt goed wat ze deed.'
'Hoe wil je daar achter komen?'
'Waar achter?'
'De reden van haar tocht naar Hoorn of Enkhuizen?'
De Cock antwoordde niet direct. Hij verzonk in gepeins.
Het raderwerk van zijn denken draaide op volle toeren.
Na een poosje keek hij opzij.
'Hoe laat vertrekt die trein van het station Purmerend-Overwhere in de richting Hoorn-Enkhuizen?'
'Negentien-uur-veertien.'
De grijze speurder kneep zijn lippen opeen.
'Vanaf morgen rijden wij elke dag om negentien-uur-veertien met de trein van Purmerend-Overwhere naar Hoorn en Enkhuizen.'
Vledder keek hem verwonderd aan.
'Elke dag?'
De Cock knikte.
'Tot we iemand hebben gevonden die in de trein de oude mevrouw Van Borsele met haar kat heeft gezien en mogelijk met haar heeft gesproken. Ook bij een onderzoek moet je het geluk soms afdwingen.'

Feilloos parkeerde Vledder de Golf in de Warmoesstraat tussen een rij andere politiewagens. De beide rechercheurs stapten uit en liepen het politiebureau binnen. In de hal wenkte Jan Kusters hen vanachter de balie.
De Cock liep op de wachtcommandant toe.
'Narigheid?' vroeg hij knorrig.
Jan Kusters schudde zijn hoofd.
'Er zit boven een meisje op je te wachten.'

'Een meisje?'
De wachtcommandant knikte.
'In mijn jonge jaren noemden wij zo'n kind een bakvis.'
De Cock grijnsde.
'Dan ben je al knap oud.'
Jan Kusters trok zijn schouders op.
'Hoe noem je tegenwoordig een meisje van een jaar of veertien?'
'Een tiener.'
Jan Kusters grijnsde.
'Goed,' reageerde hij gelaten. 'Er zit boven een tiener op je te wachten.'
Opmerkelijk kwiek besteeg De Cock de stenen trappen naar de tweede etage.
Vledder volgde.
Op de bank voor de ingang van de grote recherchekamer zat een kort, stevig gebouwd meisje. De Cock schatte haar iets ouder dan de veertien jaar die Jan Kusters haar toedichtte.
Toen ze de beide rechercheurs in het oog kreeg, stond ze op en liep op hen toe. Haar blik gleed van De Cock naar Vledder en terug.
'Wie van u is rechercheur De Cock?'
De oude rechercheur onderdrukte de neiging om naar Vledder te wijzen. In plaats daarvan maakte hij een lichte buiging.
'Mijn naam is De Cock... met ceeooceekaa. Waarmee kan ik u van dienst zijn?'
Het meisje glimlachte.
'Ik wil met u praten.'
De Cock bleef even staan en bekeek haar aandachtig. Ze had dik zwart haar in een ponykapsel, grote bruine ogen en een vrolijk kuiltje in haar rechterwang.
Boven een verschoten blauwe spijkerbroek droeg ze een slobberig groen jack, met daarop GIANTS in grote witte geblokte letters. Haar beide voeten staken in opvallende basketballschoenen.
De Cock strekte zijn wijsvinger naar haar uit.
'Wie ben jij?'
'Mariska... Mariska Scheepers.'
De Cock fronste zijn wenkbrauwen.
'Scheepers... uit Purmerend?'
'Ja.'
De Cock ging haar voor naar de grote recherchekamer en liet haar op

de stoel naast zijn bureau plaatsnemen. Daarna deed hij kalm zijn hoed af en hing zijn regenjas aan de kapstok. De oude rechercheur gunde zich even tijd. De komst van het meisje had hem verrast. De Cock ging achter zijn bureau zitten en bekeek de lijnen van haar gezicht. Mariska Scheepers leek niet op haar moeder.
'Wie heeft jou gestuurd?' opende hij.
Mariska Scheepers keek hem verwonderd aan.
'Niemand,' antwoordde ze strijdlustig. 'Ik laat mij niet sturen.'
De Cock glimlachte.
'Je komt dus... zoals wij dat bij de recherche noemen... uit eigener beweging?'
'Uit mijzelf.'
'Waarom vroeg je naar mij?'
'Ik heb uw naam hier in Amsterdam van oom Roderick gekregen. Hij zei: Ga met je verhaal maar naar het politiebureau in de Warmoesstraat en vraag naar rechercheur De Cock.'
'Jij was vanavond bij oom Roderick?'
Mariska Scheepers knikte.
'Heel even maar. Oom Roderick had weinig tijd. Hij kwam net terug van zijn visbedrijf in IJmuiden. Vanavond moest hij weer voor zaken op pad.'
'Wat kwam je bij hem doen?'
'Vragen of hij wist waar oma Van Borsele was.'
'Waarom?'
Mariska Scheepers keek hem verrast aan.
'Oma is weg... dat weet u toch?'
De Cock schudde zijn hoofd.
'Dat bedoel ik niet. Waarom ging je juist naar jouw oom Roderick om te vragen waar oma was?'
Mariska Scheepers streek met gespreide vingers door haar zwarte haar. 'Oma Van Borsele kwam elke week in Amsterdam bij hem op bezoek. Dat wist ik nog van vroeger.'
De Cock keek haar schuins aan.
'Van vroeger?'
Mariska Scheepers knikte.
'Ik was vroeger heel vaak bij oma Van Borsele op haar kleine flatje in Purmerend. Als ze met de trein naar Amsterdam ging, bracht ik haar 's avonds altijd even naar het station in Overwhere. Ik doe wel de groeten aan je oom, zei ze dan.'

'Jij ging nooit mee naar Amsterdam?'
'Nee.'
'Waarom niet?'
Mariska Scheepers liet haar hoofd zakken. Haar zwarte haren gleden als een gordijn voor haar gezicht.
'Moeder heeft ruzie met oom Roderick,' snikte ze. 'Moeder heeft ruzie met iedereen.'
De Cock hield zijn hoofd iets schuin.
'Ook met oom Rigobert?'
Mariska Scheepers keek met een betraand gezicht naar hem op en schudde haar hoofd.
'Mijn moeder en oom Rigobert zijn twee handen op één buik. Hij is net zo gemeen als zij... misschien nog wel gemener. Mijn vader zegt altijd: Die twee zijn met hetzelfde sop overgoten.'
De Cock glimlachte.
'Jij mag oom Rigobert niet,' stelde hij vast.
Mariska Scheepers schudde opnieuw haar hoofd.
'Ik kom ook nooit bij hem. Hij heeft hier in Amsterdam hoeren zitten, die voor hem werken.'
'Hoeren?'
'Ja.'
'Wist oma Van Borsele dat?'
Mariska Scheepers knikte.
'Ze heeft oom Rigobert geld geleend. Hij zei, dat hij een renderend bedrijf kon kopen.' Ze snoof verachtelijk. 'Dat bedrijf bleek een huis vol hoeren. Oma is zelf in Amsterdam wezen kijken.'
'Vond oma Van Borsele het goed?'
Mariska Scheepers reageerde heftig.
'Welnee... ze eiste haar geld terug.'
De Cock keek haar scherp aan.
'Hoe liep dat af?'
Mariska Scheepers liet haar hoofd weer zakken. Ze pulkte met de wijsvinger van haar rechterhand in een slijtgaatje van haar spijkerbroek.
'Ik houd van oma,' snikte ze. 'Ik houd heel veel van haar. Ze is lief... veel liever dan mijn moeder. Sinds oom Martijn bij haar over de vloer komt, mag ik van mijn moeder niet meer naar haar toe. Maar dat deed ik toch... stiekem.'
De Cock trok een denkrimpel in zijn voorhoofd.

'Had je moeder ook ruzie met oom Martijn?'
Mariska Scheepers knikte nadrukkelijk.
'Ze noemde hem een vieze huwelijkszwendelaar, die op oma's geld uit was.' Het meisje begon opnieuw te huilen. Haar lichaam schokte. 'Oom Martijn is een aardige man. Hij was lief voor oma. Van mij hadden ze best samen mogen trouwen.'
De Cock liet haar even begaan.
'Kreeg jouw oma haar geld van oom Rigobert terug?' vroeg hij na een poosje.
Mariska Scheepers schudde haar hoofd.
'Oma zou naar een advocaat gaan.' Plotseling sloeg ze haar beide handen voor haar gezicht. 'Ik ben bang,' jammerde ze. 'Ik ben zo bang dat ze iets met oma hebben gedaan.'
De Cock veinsde onbegrip.
'Wie... eh, wie,' vroeg hij weifelend, 'wie zou iets met oma hebben gedaan?'
'Moeder en oom Rigobert.'
De Cock boog zich iets naar haar toe.
'Waarom denk je dat?'
Mariska Scheepers slikte.
'Ik heb een paar dagen geleden mijn moeder tegen oom Rigobert horen zeggen: Als dat oude mens blijft zeuren over trouwen en een advocaat... moet ze voorlopig maar verdwijnen.'
De Cock reageerde geschokt.
'Wat... eh, wat... eh,' vroeg hij gespannen, 'zei oom Rigobert daarop?'
Mariska Scheepers keek met haar grote bruine ogen naar hem op. Tranen gleden langs haar wangen.
'Ik ken wel een plek om haar te laten onderduiken.'

# 7

Vledder liet zich in zijn stoel zakken. De jonge rechercheur smeet de autosleutels van de Golf met een achteloos gebaar in een lade van zijn bureau.
'Dat is vandaag de derde keer,' sprak hij loom, 'dat ik heen en terug naar Purmerend ben gereden. Ik geloof dat ik beter van standplaats kan veranderen.'
De Cock glimlachte.
'Heb je haar thuisgebracht?'
'Niet helemaal thuis... niet voor haar huisdeur. Tot aan de ingang van het Reigerspark. Verder wilde ze niet worden gebracht. Ze behoeven thuis niet te weten, zei ze, dat ik op zoek ben naar oma. En als ze horen dat ik in Amsterdam bij de politie ben geweest, dan heb ik thuis helemaal geen leven meer.'
De Cock zuchtte.
'Arm kind. Mariska leeft duidelijk op gespannen voet met haar moeder.'
Vledder knikte.
'Ik heb onderweg met haar gesproken. Ze heeft het niet prettig thuis. Er zijn voortdurend strubbelingen. Het schijnt op school ook niet zo goed te gaan. En ze mist haar omaatje.'
De Cock plukte aan zijn onderlip.
'Kinderen hebben vaak een betere band met hun grootouders dan met hun eigen ouders.'
Vledder glimlachte.
'Het oude mens is haar steun en toeverlaat. Als oma doodgaat, zei ze tegen mij, dan hoeft het voor mij ook niet meer.'
De Cock fronste zijn wenkbrauwen.
'Zelfmoordplannen?'
Vledder trok zijn schouders op.
'Dat heeft ze niet met zoveel woorden gezegd. Het kind zit wel in de put.'
De Cock staarde nadenkend voor zich uit.
'Ik begrijp wat haar kwelt,' sprak hij hoofdknikkend. 'Mariska is er absoluut van overtuigd, dat haar moeder en haar oom Rigobert iets met het verdwijnen van haar oma te maken hebben.'
Vledder keek hem verwonderd aan.

'Jij niet... ben jij daar niet van overtuigd?'
De Cock maakte een schouderbeweging.
'Wellicht zijn er recent wel eens plannen gesmeed om de oude mevrouw Van Borsele te ontvoeren. Maar plannen smeden mag in dit voor criminelen zo vriendelijke landje. Nog wel.'
'Wat bedoel je met "nog wel"?'
De Cock wees voor zich uit.
'Er zijn gelukkig wetten in de maak om ook misdadige "plannen" strafbaar te stellen... bijvoorbeeld voorbereidingen tot een bankroof... maar zover zijn we nog niet.'
Vledder grijnsde.
'Er moet nu nog een "begin van uitvoering" worden bewezen.'
De Cock knikte.
'Onze huidige wetten vragen uit-voe-rings-han-de-lin-gen. En die moet je bewijzen.'
Vledder keek hem onderzoekend aan.
'En dat bewijs zie jij niet zitten?'
De Cock schudde zijn hoofd.
'De enige mogelijkheid die ons overblijft, is de oude mevrouw Van Borsele te vinden. En als die beweert dat zij tegen haar wil van haar vrijheid is beroofd... eerst dan kun je strafrechtelijk iets ondernemen.'
Vledder zwaaide geagiteerd.
'Het is toch te gek dat wij als rechercheurs zo weinig mogelijkheden hebben.' Hij keek op. 'Kunnen we die twee niet onder druk zetten?'
'Onder druk... je bedoelt het edele span zuster Rolandina en broer Rigobert?'
Vledder knikte.
'Dat zijn naar mijn mening onze enige verdachten. We zouden die twee toch kunnen confronteren met het verhaal van Mariska Scheepers.'
De Cock trok een bedenkelijk gezicht.
'Ik geloof niet dat zo'n actie verstandig is. Eerstens breng je dat kind... die Mariska, in de problemen.
Bovendien loop je de kans dat die twee uit angst met de oude mevrouw Van Borsele gaan slepen... van de ene schuilplaats naar de andere.'
Vledder boog zich ver naar voren. Op zijn jong gezicht lag een ernstige trek.

'Ben je dan helemaal niet bang,' vroeg hij bezorgd, 'dat ze dat oude mens iets aandoen?'
'Hoe bedoel je... aandoen?'
'Haar vermoorden... mishandelen.'
De Cock tuitte zijn lippen.
'Als het motief van Rolandina en Rigobert geld is... het binnenhalen van de erfenis, dan moet de oude mevrouw Van Borsele een natuurlijke dood sterven... althans geen gewelddadige dood, die een onderzoek door de recherche vergt.'
'Geen moord?'
De Cock schudde zijn hoofd.
'Een natuurlijke dood... met een deugdelijke verklaring van overlijden door een bevoegde arts en de vermelding van dat overlijden in de registers van de burgerlijke stand, anders... voorlopig geen afwikkeling van de nalatenschap... geen erfenis.'
Vledder keek hem onderzoekend aan.
'Jij vreest niet voor haar leven?'
De Cock wreef met zijn hand over zijn kin.
'Er bestaan,' antwoordde hij voorzichtig, 'nog andere middelen om iemands dood te bevorderen, dan zichtbaar geweld.'
'Bijvoorbeeld?'
'Het onthouden van de noodzakelijke levensbehoeften... medicijnen. Naar mijn overtuiging is dat een vorm van moord, die lang niet altijd wordt onderkend.'
Vledder maakte een wrevelig gebaar.
'Die hele affaire rond het verdwijnen van de oude mevrouw Van Borsele maakt mij kriegelig. Ik voel mij onrustig. Ik zou graag iets tegen die broer en zus willen ondernemen. Actie. We kunnen toch niet lijdzaam toezien dat...' De jonge rechercheur stokte. Er werd op de deur van de recherchekamer geklopt. Met een ontevreden trek op zijn gezicht draaide Vledder zich om en riep: 'Binnen.'
Het klonk niet vriendelijk.
De deur ging open en in de deuropening verscheen een forsgebouwde man. De Cock schatte hem op voor in de veertig. Hij droeg een opzichtige witgele regenjas, die zijn omvangrijke buik niet verhulde. Met dreunende tred liep hij op de grijze speurder toe.
'U bent toch rechercheur De Cock?' opende hij op barse toon.
De oude rechercheur knikte bedaard.
'De Cock... eh, met ceeooceekaa... voor het geval dat u overweegt

een klacht over mij te schrijven. Ik zou het slordig vinden als u in zo'n klacht mijn naam niet goed spelde.'
De man knikte heftig.
'Dat overweeg ik inderdaad... een klacht.'
De Cock toonde hem zijn beminnelijkste glimlach. Uitnodigend wees hij naar de stoel naast zijn bureau.
'Neemt u plaats. Met wie heb ik het genoegen.'
De man liet zijn omvangrijke zitvlak op de stoel zakken.
'Schandelijk,' brieste hij. 'Ronduit schandelijk, dat u een minderjarig kind uithoort over het gedrag van haar familieleden.'
De Cock keek de man onbewogen aan.
'Over het begrip "schandelijk" kunnen we nog discussiëren,' sprak hij ijzig. 'Ik vroeg u beleefd met wie ik het genoegen had.'
Het gezicht van de man kleurde felrood. Met de mollige vuist van zijn rechterhand klapte hij op het blad van het bureau.
'Genoegen, genoegen,' brulde hij. 'Ik ben Rigobert... Rigobert van Borsele.'
De Cock knikte gelaten.
'In de buurt beter bekend als Ricky... nieuwe eigenaar van een sextent met een bijzondere attractie voor gerontofielen.'
Rigobert van Borsele snoof.
'U bent goed op de hoogte.'
De Cock maakte een grimas.
'Dat is mijn vak.'
Rigobert van Borsele pakte een zakdoek en wreef het zweet van zijn voorhoofd.
'Ik ben door mijn zuster in Purmerend gebeld,' sprak hij wat rustiger. 'Een paar minuten geleden. Ze was woest. Mariska, haar oudste dochter, is al een paar dagen onhandelbaar. Er is met haar geen land te bezeilen. Mijn zuster heeft die meid vanavond toen ze thuiskwam eens stevig onder handen genomen. Tot haar ontzetting bekende het kind, dat ze aan u in dit bureau de vreselijkste verhalen over ons heeft verteld.'
De Cock knikte traag.
'Mariska was hier,' reageerde hij kalm.
'Wat heeft ze verteld?'
De Cock grijnsde.
'Heel juist... de vreselijkste verhalen.'
De neusvleugels van Rigobert van Borsele trilden.

'Wat voor verhalen?'
De Cock antwoordde niet. Hij boog zich iets naar hem toe.
'Verkeert u in financiële moeilijkheden?'
'Dat gaat u niets aan.'
De Cock stoorde zich niet aan de opmerking.
'Heeft uw moeder,' vroeg hij vriendelijk, 'aan u geld geleend en was uw moeder het met de besteding van dat geld niet eens?'
Rigobert van Borsele zwaaide geagiteerd.
'Moeder is een ouderwets mens. Als ik haar van tevoren had verteld waarvoor ik dat geld wilde gebruiken, dan had ze het mij nooit gegeven.'
De Cock knikte begrijpend.
'Ze eiste het terug?'
Rigobert van Borsele maakte een hulpeloos gebaar.
'Dat is toch onmogelijk,' riep hij klagend. 'Ik ben net gestart. Ik kan die tent toch niet sluiten. Dan ga ik de mist in. Als moeder mij even de tijd geeft, dan maak ik het in orde.'
De Cock keek hem strak aan.
'Zoveel tijd heeft moeder niet meer.'
Rigobert van Borsele zuchtte.
'U had nooit naar de verhalen van Mariska moeten luisteren. Dat kind leeft buiten de werkelijkheid... zit vol wilde fantasieën. Toen ze bij u aan het bureau kwam, had u onmiddellijk haar moeder moeten bellen, dan had die haar kunnen ophalen.'
De Cock trok zijn gezicht strak.
'Wilde fantasieën... hadden u en uw zuster Rolandina plannen om uw moeder te ontvoeren?'
'Onzin.'
De Cock gleed met zijn pink over de rug van zijn neus.
'Uw eigen zuster heeft over uw moeder tegen mij gezegd: Al moeten we haar ontvoeren.'
Rigobert van Borsele verschoof iets op zijn stoel.
'Rolandina en ik hebben er in scherts wel eens over gesproken. Maar het is toch de grootste kolder. Men ontvoert toch zijn eigen moeder niet.'
De Cock keek hem schuins aan.
'Waarom in scherts?'
Rigobert van Borsele spreidde zijn vettige handjes.
'Moeder bezit nog aardig wat centen. Wij zijn met drie kinderen.

Roderick zit er warmpjes bij, maar Rolandina en ik kunnen best een financiële injectie gebruiken. Ik draai daar niet omheen.'
'En?'
Rigobert van Borsele keek hem niet-begrijpend aan.
'Wat bedoelt u?'
'Die scherts... die grap om uw moeder te ontvoeren?'
Het klonk cynisch.
Rigobert van Borsele grinnikte vreugdeloos.
'Het stelde niets voor. Wij zouden het nooit hebben gedaan.'
'Wat zou u nooit hebben gedaan?'
'Moeder ontvoeren.'
'Er waren wel plannen?'
Rigobert van Borsele greep met beide handen naar zijn hoofd.
'Het komt allemaal door die gore oplichter, die vieze huwelijkszwendelaar.'
'Martijn Schuitema?'
Rigobert van Borsele knikte.
'Die man is gewoon op haar geld uit. Zonder meer. En gek genoeg... moeder heeft een blind vertrouwen in die vent.'
'Ze wilde met hem trouwen?'
'Ja.'
De Cock boog zich nog verder naar hem toe.
'Door dat huwelijk,' legde hij geduldig uit, 'zouden u, uw zuster Rolandina en uw broer Roderick een groot gedeelte van de erfenis kwijtraken... de helft en een kindsdeel. Dat is niet gering.'
Rigobert van Borsele knikte instemmend.
'Een berg geld.'
De Cock gebaarde in zijn richting.
'Die berg geld zou de familie heel simpel kunnen behouden, door moeder uit de omgeving van Martijn Schuitema te verwijderen.'
De oude rechercheur zweeg even en grijnsde breed.
'Ik vind die... eh, die scherts achteraf toch niet zo'n kolder. Het was het enige middel om het fortuin van de familie te redden.'
Rigobert van Borsele liet zijn hoofd hangen.
'Ik ben bang,' verzuchtte hij, 'dat er al niets meer te redden valt.'
De Cock keek hem verwonderd aan.
'Hoezo?'
Rigobert van Borsele keek op. Om zijn mond gleed een smartelijke glimlach.

'Onze moeder heeft die vent vergaande volmachten gegeven.'
De Cock trok zijn wenkbrauwen samen.
'Volmachten... aan Martijn Schuitema?'
'Ja.'
De Cock reageerde verrast.
'Waarom?' vroeg hij onthutst. 'Ik heb begrepen dat uw moeder heel goed in staat was om haar eigen zaken te regelen.'
Rigobert van Borsele knikte.
'Dat is ook zo,' sprak hij vermoeid. 'Ik denk, dat moeder het heeft gedaan als een wraakzuchtige reactie op onze bezwaren tegen haar huwelijk. Moeder wilde niet dat Rolandina en ik van haar zouden erven. Dat heeft ze altijd gezegd. Ze was niet erg op ons gesteld. Sinds de dood van onze vader, had moeder maar één kind... Roderick.'
De Cock wreef nadenkend over zijn kin. De woorden van Rigobert van Borsele gleden langs hem heen.
'Martijn Schuitema,' sprak hij peinzend, 'had volmachten om haar vermogen te beheren.'
Rigobert van Borsele sloot even zijn ogen.
'Als u een dader zoekt... als er iemand belang heeft bij het verdwijnen van onze moeder... dan is het die Martijn Schuitema.'

Toen De Cock de volgende morgen de grote recherchekamer binnenstapte, liet Vledder zijn rappe vingers op het toetsenbord van zijn elektronische schrijfmachine rusten.
Hij keek op.
'Je bent laat,' riep hij bestraffend.
De Cock wuifde naar de ramen.
'Kijk,' riep hij vrolijk. 'De zon schijnt en er hangt een tintelende vrieslucht. Ik heb drie keer het Damrak op en neer gelopen, voordat ik de moed kon opbrengen om naar de Warmoesstraat te gaan.'
Vledder grinnikte.
'Was het zo erg?'
De Cock knikte.
'Voor ik het bureau binnenstapte, heb ik mij even omgedraaid naar de Heintje Hoekssteeg. Daar hing tussen de muren de benauwende zeiklucht van al die dronken kerels die daar gisteravond en vannacht hebben staan pissen. Ik was bijna teruggegaan. Die stank walmt hier ook naar binnen.'
Vledder keek hem spottend aan.

'Hoe lang werk je al hier?'
'Dertig jaar.'
'En die stank heb je nooit eerder geroken?'
De Cock grinnikte. De grillige accolades rond zijn mond dansten een glimlach.
'Het viel mij vandaag voor het eerst op.'
Vledder schoof de schrijfmachine van zich af.
'Vermakelijk voor een rechercheur van klasse.'
De Cock negeerde de opmerking.
'Nog steeds geen reacties op ons telexbericht?'
Vledder schudde zijn hoofd.
'De oude mevrouw Van Borsele is spoorloos van de aardbodem verdwenen.'
'Heb je de sleutel van haar flatje gisteravond nog naar Bram van Wielingen gebracht?'
Vledder knikte.
'Hij zou vanmorgen die tekst op de spiegel in de badkamer fotograferen en dan de sleutel hier terugbrengen.'
De Cock kauwde op zijn onderlip.
'De-hemel-kan-wachten.'
Vledder keek hem vragend aan.
'Wat wil je met die tekst?'
De Cock maakte een hulpeloos gebaar.
'Vastleggen voordat iemand die tekst van de spiegel veegt. Het zijn haar laatste woorden.'
'Hecht je er waarde aan?'
De Cock maakte een schouderbeweging.
'Misschien heeft Roderick van Borsele wel gelijk... betekende die kreet voor zijn zieke moeder een geestelijk reveil. We moeten die vriendin van de oude mevrouw Van Borsele eens benaderen.'
'Neel uit Amersfoort.'
De Cock knikte.
'Misschien heeft ze contact met haar gezocht.'
'Wanneer?'
De Cock wuifde.
'Mogelijk na haar verdwijning... verwacht ze van haar vriendin Neel meer geestelijke steun dan van haar familie.' De oude rechercheur plukte aan het puntje van zijn neus. 'Heb je nog informaties ingewonnen over Martijn Schuitema?'

Vledder knikte.
'In het strafblad komt hij niet voor. Ik heb dat bouwbedrijf gevonden waar hij bijna veertig jaar als ingenieur in dienst is geweest.'
'En?'
'Prima referenties. Martijn Schuitema stond als een kundige en uiterst betrouwbare man te boek.'
De Cock trok zijn gezicht strak.
'We moeten Martijn Schuitema eens naar die volmachten vragen. Als die er niet zijn, dan vrees ik dat jij gelijk krijgt.'
Vledder glunderde.
'Je bedoelt, dat zus Rolandina en broer Rigobert samen toch verantwoordelijk zijn voor het verdwijnen...'
De jonge rechercheur stokte. De telefoon op het bureau van De Cock rinkelde. Vledder reikte ver naar voren en nam de hoorn op.
Na enige seconden zei hij: 'Schakel de politie in Purmerend in en vraag of die na hun onderzoek contact met ons wil opnemen.'
Hij legde de hoorn op het toestel terug.
De Cock keek hem vragend aan.
'Wie was dat?'
'Bram van Wielingen. Hij had de sleutel niet nodig.'
'Niet nodig?'
Vledder schudde zijn hoofd.
'De deur stond open. Er was ingebroken.'
De Cock boog zich naar voren.
'En die tekst op de spiegel.'
Vledder kneep zijn lippen op elkaar.
'Weggeveegd.'

# 8

Vledder steunde met zijn ellebogen op de elektronische schrijfmachine.
'Ik heb Egbert Rutjes van de recherche in Purmerend aan de lijn gehad.'
'Wanneer?'
'Toen jij boven bij de administratie zat.'
De Cock wreef zich achter in zijn nek.
'Ik ben samen met Afra Molenkamp de lijst van vermiste personen van de afgelopen jaren eens nagegaan.' De oude rechercheur schudde zijn hoofd. 'Tevergeefse moeite. Er zat geen vergelijkbare verdwijning bij.'
Vledder keek hem verwonderd aan.
'Vermoedde je dat er meer dames op gevorderde leeftijd plotseling van de aardbodem waren verdwenen?'
De Cock schoof zijn onderlip naar voren.
'Ik wil geen enkele mogelijkheid uitsluiten,' sprak hij ernstig. 'Waarom zou een of andere verknipte figuur het niet op oudere dames hebben voorzien. In Amerika lopen de vreemdste seriemoordenaars rond.'
Vledder grijnsde.
'En wat in Amerika gebeurt waait op den duur ook naar ons over.'
De Cock wuifde het onderwerp weg.
'Heeft rechercheur Rutjes ter plekke een onderzoek ingesteld?'
'Ja.'
'Aanwijzingen?'
Vledder schudde zijn hoofd.
'De inbraak was in ieder geval geen subtiel vakwerk volgens het recept van Handige Henkie. De deur van het flatje was met veel ruw geweld opengewrikt. Verbrijzelde sponningen.'
'Geklungel van een amateur.'
Vledder knikte.
'Het flatje van de oude mevrouw Van Borsele was grondig doorzocht. Volgens rechercheur Rutjes was er een enorme ravage aangericht. Alle kasten en laden waren overhoopgehaald. Haar spulletjes lagen overal door het flatje verspreid.'
'Sporen?'

'Er zijn wel vingerafdrukken gevonden, maar die staan niet geregistreerd.'
De Cock maakte een grimas.
'En nu de oude mevrouw Van Borsele spoorloos van de aardbodem is verdwenen, valt er niet vast te stellen of er iets wordt vermist.'
Vledder knikte.
'Rechercheur Rutjes vroeg of wij familieleden kenden, die namens de oude mevrouw Van Borsele aangifte van de inbraak wilden doen en bereid waren om op korte termijn de schade te laten herstellen... een nieuwe deur, sponningen en een nieuw slot.'
'Wat heb je gezegd?'
'Dat ik hem terug zou bellen.'
'En?'
Vledder maakte een hulpeloos gebaar.
'Ik heb mij in verbinding gesteld met Roderick van Borsele. Dat leek mij het beste. Ik heb eerst dat fileerbedrijf van hem in IJmuiden gebeld. Daar was hij niet. Ik trof hem thuis.'
'Wat zei hij?'
'Roderick van Borsele was woest... in alle staten. Of wij dat flatje van zijn moeder in Purmerend niet hadden laten bewaken... of wij überhaupt nog iets aan het verdwijnen van zijn moeder deden... of we al resultaten hadden geboekt.'
De Cock keek hem met gefronste wenkbrauwen aan.
'Hoe reageerde jij?'
Vledder trok zijn gezicht in een ernstige plooi.
'Ik wilde hem eerst vriendelijk en onderdanig zeggen, dat wij wel degelijk ons best hadden gedaan... dat wij sinds zijn melding bijna onafgebroken aan de verdwijning van zijn moeder hadden gewerkt. Toen dacht ik opeens: Barst, vent!'
De Cock schonk hem een blijde glimlach.
'Een spontane gedachte.'
Vledder knikte nadrukkelijk.
'Ben je met al de vezels in je lijf bezig om dat mens op te sporen en dan...'
De Cock onderbrak hem.
'Wat heb je gedaan?'
Vledder snoof.
'Ik heb hem ontboden... botweg gezegd dat hij onmiddellijk naar ons bureau aan de Warmoesstraat moest komen voor overleg.'

De Cock lachte vrijuit.
'Dick,' sprak hij glunderend, 'je wordt steeds beter.'
Vledder kleurde.

In zijn wijde mosgroene houtje-touwtje-jas liep Roderick van Borsele in de grote recherchekamer met een slepende tred op De Cock toe.
'Welke idioot heeft er bij het flatje van mijn moeder ingebroken?' riep hij kwaad.
De Cock antwoordde niet. Hij gebaarde naar de stoel naast zijn bureau.
'Gaat u zitten.'
Roderick van Borsele friemelde zijn jas los en liet zich op de stoel zakken.
'Welke idioot,' herhaalde hij iets kalmer, 'heeft bij mijn moeder ingebroken?'
De Cock stak zijn handen afwerend omhoog.
'Ik weet niet of het een idioot was. Ik ken de motieven van de inbreker niet. Ik weet niet waarnaar de inbreker heeft gezocht.'
'Dat oude mens heeft nooit geld in huis,' bromde Roderick hoofdschuddend. 'Nog geen stuiver. Haar boodschappen betaalt ze met haar pincode. En als iemand per se in haar flatje had willen rondneuzen, dan had hij de sleutel bij mij kunnen ophalen.'
Het klonk cynisch.
De Cock negeerde de opmerking.
'Nu uw moeder,' sprak hij ambtelijk, 'de officiële bewoonster van de flat, niet aanwezig is, bent u bereid om namens haar aangifte van inbraak te doen... de schade aan deuren, sloten en sponningen te laten herstellen?'
Roderick van Borsele knikte.
'Doe ik aangifte bij u?'
De Cock schudde zijn hoofd.
'Rechercheur Rutjes van de recherche in Purmerend behandelt de inbraak. Het lijkt mij beter dat u zich met hem in verbinding stelt.'
'Waarom?'
De Cock zuchtte.
'Ik vrees anders moeilijkheden met de recherche van Purmerend. Wij waren gisteren al op verboden terrein. Wij hebben in hun territorium een onderzoek ingesteld.'

Roderick van Borsele keek hem ongelovig aan.
'Mag dat niet?'
De Cock schudde zijn hoofd.
'In wezen had ik de zaak van uw verdwenen moeder niet in behandeling mogen nemen.'
De mond van Roderick van Borsele zakte halfopen.
'Laat u de zaak vallen?'
De Cock keek met een verholen blik in de richting van Vledder en slikte.
'Wij... eh, wij zullen het onderzoek naar uw moeder voortzetten.'
Roderick van Borsele knikte hem dankbaar toe.
'Daar ben ik blij om. Naar mijn mening bent u de enige die...'
De Cock maakte een afwerend gebaar.
'Gisteravond kregen wij bezoek van Mariska... Mariska Scheepers. Zij vertelde ons dat zij zich eerst bij u had gemeld en dat u haar had aangeraden om zich met ons in verbinding te stellen.'
Roderick van Borsele toonde enige onrust.
'Mariska,' formuleerde hij voorzichtig, 'is een moeilijk kind... in het begin van haar puberteit... een meisje dat al sinds haar jongste jaren zo grondig door haar grootmoeder is verwend, dat zij voor haar eigen moeder onhandelbaar is geworden.'
De Cock strekte zijn hand naar hem uit.
'Wat denkt u van haar verhaal?'
Roderick van Borsele verschoof iets op zijn stoel.
'Het... eh, het is voor mij zo moeilijk,' antwoordde hij hakkelend.
'Wat?'
'Haar geloofwaardigheid vast te stellen. Daarom heb ik haar naar u gestuurd.'
De Cock boog zich iets naar hem toe.
'U hebt toch wel enig inzicht in het gedrag van uw eigen broer en zus?'
Roderick van Borsele maakte een hulpeloos gebaar.
'Ik zeg altijd, dat mijn vader op het moment van mijn verwekking zijn beste kruit had verschoten. De latere produkten zijn van mindere kwaliteit.'
De Cock lachte.
'Dat klinkt grappig, maar het is geen antwoord op mijn vraag.'
Roderick van Borsele zuchtte.
'Ik schat ze niet zo hoog. Ik heb ook weinig contact met ze. Als kind

trokken die twee al nauw met elkaar op... hielden mij buiten hun activiteiten.'
De Cock keek hem strak aan.
'De beschuldigingen van Mariska lijken mij ernstig genoeg. Het kind is totaal in de war. Ze verdenkt haar eigen moeder en haar oom Rigobert ervan, dat zij beiden haar grootmoeder hebben laten verdwijnen.'
Roderick van Borsele staarde voor zich uit.
'Mariska is erg op haar oma gesteld.'
'Wat denkt u van haar beschuldiging?'
Roderick van Borsele verschoof iets op zijn stoel.
'Rolandina en Rigobert zijn beiden geldwolven... aasgieren. Dat hebben ze al bewezen bij de afwikkeling van de nalatenschap van onze vader. Ze hebben moeder toen letterlijk het huis uitgezet.'
Hij schudde zuchtend zijn hoofd.
'Maar het idee, dat zij omwille van moeders nalatenschap het zieke oude mens zouden hebben gegijzeld, wijs ik van de hand. Daarin kan ik niet geloven.'
De Cock keek hem schuins aan.
'Wist u dat uw broer Rigobert ergens op de Wallen een sex-tent exploiteert?'
Roderick van Borsele knikte.
'Een paar maanden geleden kreeg ik een uitnodiging van mijn broer om de opening van zijn nieuwe zaak bij te wonen. Toen ik op het vermelde adres kwam, bleek het een ordinaire hoerenkast te zijn.'
De Cock gniffelde.
'U was zijn eerste klant?'
Roderick van Borsele keek hem vernietigend aan.
'Een ongepaste opmerking.'
De Cock maakte een verontschuldigend gebaar.
'Het was als grapje bedoeld.'
Roderick van Borsele schudde zijn hoofd.
'Ik ben niet naar binnen gegaan. Rigobert heeft feitelijk nooit gedeugd, maar dat hij nog eens een hoerenkast zou beginnen...'
'Met geld van uw moeder.'
Roderick van Borsele keek geschokt op.
'Geld van moeder?'
De Cock knikte.

'Ze heeft hem geld geleend zonder dat ze wist waarvoor Rigobert dat nodig had.'
De donkere ogen van Roderick van Borsele sperden wijd open en op de bruingetinte huid van zijn gezicht lagen roze koortsblosjes.
'De schuldbekentenis,' sprak hij toonloos. 'Moeder leende nooit geld zonder schuldbekentenis.' Hij strekte zijn hand bevend naar De Cock uit. 'Die inbraak in de flat van moeder... broer Rigobert heeft naar zijn schuldbekentenis gezocht.'

Toen Roderick van Borsele was vertrokken, viel er een stilte. Beide rechercheurs overdachten de nieuwe verwikkelingen. De stilte was niet intens. Van buiten drong het straatrumoer de recherchekamer binnen. Het toeteren van auto's, flarden muziek en het krijsen van een jonge hoer.
Vledder greep met zijn handen naar zijn hoofd.
'Wat een wespennest.'
De Cock keek naar hem op.
'Wil je er mee stoppen?'
De jonge rechercheur schudde zijn hoofd.
'Ik denk er niet aan,' sprak hij ferm. 'Dat komt onze eer te na. Ik wil nu weten hoe het zit.'
Hij blikte schuin omhoog naar de grote klok boven de toegangsdeur.
'Straks gaan we opnieuw naar Purmerend. Achttien-uur-vijfenveertig. Wij maken dat treinreisje van Purmerend-Overwhere naar Enkhuizen. Misschien dat het geluk ons eindelijk eens toelacht.'
De Cock knikte.
'Iemand moet de oude mevrouw Van Borsele toch met haar kat hebben gezien. Misschien heeft iemand met haar in dezelfde coupé gezeten.'
Vledder wreef zich over zijn kin.
'Wat doen we met de beschuldiging van Roderick van Borsele?'
'Je bedoelt, dat zijn broer Rigobert in het flatje van zijn moeder naar een schuldbekentenis heeft gezocht... en die misschien heeft gevonden?'
Vledder knikte.
'Dat is toch inbraak.'
De Cock trok een somber gezicht.
'Ik had het wel verwacht. Roderick van Borsele beroept zich op zijn verschoningsrecht. Rigobert, zijn broer, is een bloedverwant in de

tweede graad. Hij weigert een verklaring tegen hem af te leggen. En dat is zijn goed recht.'
Vledder maakte een wrevelig gebaar.
'Kunnen we dan helemaal niets met de uitspraak van Roderick van Borsele doen?'
De Cock vouwde zijn handen.
'De enige mogelijkheid die wij nog hebben,' verzuchtte hij, 'is de oude mevrouw Van Borsele vinden. Ik ben ervan overtuigd dat zij wel een klacht tegen haar zoon Rigobert zal indienen.'
'En als wij Rolandina benaderen?'
De Cock grijnsde.
'Verwacht jij dat zij iets tegen haar broer Rigobert zal ondernemen?'
Vledder maakte een moedeloos gebaar. Hij boog zich naar voren en keek De Cock onderzoekend aan.
'Heb jij nog geen moeie voeten?'
De Cock lachte vrijuit.
'Daar ben ik blijkbaar nog niet aan toe. Maar als het zover is...'
De grijze speurder maakte zijn zin niet af. Er werd zachtjes op de deur van de recherchekamer geklopt en Vledder riep: 'Binnen.'
De deur ging langzaam open en in de deuropening verscheen de gestalte van een kleine, gedrongen vrouw. De Cock schatte haar op voor in de veertig. Ze droeg een lange vormloze mantel van grijze tweed. Weerbarstig peenkleurig haar plukte van onder een witzijden hoofddoekje.
Ze trok het doekje van haar hoofd en slofte op haar korte laarsjes naderbij.
'Ik kom uit Purmerend,' sprak ze met een zangerig Westfries accent. 'Ik ben daar bij de politie geweest, maar ik had niet de indruk dat ze veel belangstelling hadden.'
De Cock kwam overeind. Glimlachend wees hij naar de stoel naast zijn bureau.
'Gaat u zitten.'
De vrouw nam plaats en knoopte haar mantel los.
'Ze hebben nauwelijks naar mij geluisterd.'
De Cock liet zich weer in zijn stoel zakken.
'Wie bent u?' vroeg hij vriendelijk.
Ze schoof een pluk haar uit haar gezicht.
'Evelien... Evelien van Ursum.'

De grijze speurder toonde haar zijn beminnelijkste glimlach en boog zijn hoofd op en neer.
'Mijn naam is De Cock. De Cock... met ceeooceekaa.' Hij gebaarde recht voor zich uit. 'En dat is mijn jonge collega Vledder.'
De blik van Evelien van Ursum verhelderde.
'De Cock, ja, die moet ik net hebben.'
De oude rechercheur trok zijn wenkbrauwen op.
'U moet mij hebben?'
Evelien van Ursum knikte.
'Oom Martijn heeft het over u gehad. Hij was bij u geweest. Hier aan de Warmoesstraat.'
De Cock trok een denkrimpel in zijn voorhoofd.
'Oom Martijn... Martijn Schuitema?'
Evelien van Ursum glimlachte.
'Precies... oom Martijn. Hij was bij u in verband met het verdwijnen van Maria.'
'Mevrouw Van Borsele?'
Evelien van Ursum wees voor zich uit.
'Zo heet ze... mevrouw Van Borsele. Oom Martijn scharrelde een beetje met haar.'
'Scharrelen?'
Evelien van Ursum wiebelde op haar stoel.
'Nou ja... scharrelen is misschien niet zo'n goed woord. Ze hielden het met elkaar... hadden zelfs trouwplannen.'
De Cock boog zich iets naar haar toe.
'Wat... eh, wat weet u van die trouwplannen?'
Evelien van Ursum grinnikte.
'Dat heeft oom Martijn mij verteld. Ik kom een paar maal in de week even bij hem in zijn flatje om het schoon te houden. Als je zo'n oude man alleen laat rommelen... komt hij om in zijn vuil.'
De Cock gniffelde.
'En dat wil u niet.'
Evelien van Ursum schudde haar hoofd.
'Oom Martijn is het enige nog levende familielid van mij... broer van mijn moeder.'
De Cock keek haar nadenkend aan.
'Waarom ging u naar de politie in Purmerend?'
'Om het te melden.'
'Wat?'

'Dat hij weg is.'
De Cock keek haar niet-begrijpend aan.
'Oom Martijn is weg?' vroeg hij ongelovig.
Evelien van Ursum knikte nadrukkelijk.
'Verdwenen. Ik heb een sleutel van zijn flat... voor het geval hij er niet is. Maar meestal is hij er wel. Ik kwam vanmiddag en belde. Niemand deed open. Toen ben ik met mijn sleutel naar binnen gegaan.'
'En?'
'Hij was er niet.'
De Cock trok zijn schouders iets op.
'Misschien even een boodschap doen?' opperde hij voorzichtig.
Evelien van Ursum schudde haar hoofd.
'Ik heb een paar uur op hem zitten wachten. Hij kwam niet. Toen ben ik wat gaan neuzen en ik ontdekte dat zijn bed niet was beslapen. Het lag er nog net zo bij als toen ik het een dag tevoren had opgemaakt.'
De Cock kauwde nadenkend op zijn onderlip.
'Zijn parkietje... lichtblauw met een witte bef met zwarte stippen?'
'Dat zat er... zoals altijd op de rand van de staande schemerlamp. Ik heb wel eens tegen oom Martijn gezegd: dat moet je niet toestaan. Dat beest schijt de hele zijden kap onder.'
De Cock glimlachte.
'En de krant... lag die er?'
Evelien van Ursum schudde haar hoofd.
'Die was er niet. Ik ben wezen kijken. Hij had hem niet uit de brievenbus gehaald.' Ze verschoof op haar stoel en boog zich vertrouwelijk naar De Cock. 'En dan was er nog iets geks.'
'Wat?'
'In de badkamer, op de spiegel, stonden woorden.'
De Cock voelde de spanning in zich tintelen.
'Woorden?' vroeg hij hees.
Evelien van Ursum knikte.
'Ik-ben-niet-dood.
Kom-naar-mij-kijken.
Maria.'

# 9

De Cock kneep even zijn beide ogen dicht.
'Ik-ben-niet-dood... kom-naar-mij-kijken... Maria.'
De grijze speurder proefde de woorden op het puntje van zijn tong. De diepe haarwortels op zijn kruin trilden pijnlijk. Pal onder zijn schedeldak zochten zijn getrainde hersenen onder hoogspanning naar een zinnige verklaring van de tekst. Hij vond die niet. De verlossende vonk bleef uit. 'Ik ben niet dood,' lispelde hij opnieuw, 'kom naar mij kijken.'
Evelien van Ursum knikte.
'Dat moet zij op de spiegel hebben geschreven.'
'Wie?'
'Maria... mevrouw Van Borsele. Volgens oom Martijn Schuitema deed ze dat wel meer... met zeep op spiegels schrijven.'
De Cock boog zich iets naar haar toe.
'Wat hebt u met die tekst gedaan?'
Evelien van Ursum schudde haar hoofd.
'Niets.'
'U hebt de woorden niet weggeveegd?'
Evelien van Ursum schonk hem een matte glimlach.
'Ik ben aan schoonmaken niet toegekomen. Ik maakte mij zorgen om het feit dat oom Martijn er niet was. En dat doe ik nog. Sinds tante Emmy... zijn vrouw, is gestorven, is hij nooit een nacht van huis geweest.'
De Cock spreidde zijn handen.
'Lag er nergens een briefje, waarin oom Martijn zijn afwezigheid verklaarde?'
Evelien van Ursum schudde haar hoofd.
'Ik ben nergens een kattebelletje tegengekomen. En dat zie je toch gauw. Als oom Martijn wat van mij wilde, dan legde hij zo'n briefje altijd op de tafel onder de glazen asbak. En daar lag nu niets.'
'Hebt u de recherche in Purmerend verteld van die woorden op de spiegel?'
Evelien van Ursum knikte.
'Ik heb ze de tekst laten opschrijven... met de uitleg wie Maria was.'
'En?'
'Ze lachten erom.'

De Cock fronste zijn wenkbrauwen.
'Om de tekst?'
Evelien van Ursum schudde haar hoofd.
'Dat twee oude mensen iets moois met elkaar hadden, vonden ze bijzonder grappig.'
De Cock kneep zijn lippen op elkaar. Het was niet de eerste keer dat de grijze speurder bemerkte dat zelfs ervaren rechercheurs de liefde tussen oudere mensen niet serieus namen.
De Cock wreef nadenkend over zijn kin.
'Hebt u met oom Martijn ook over de verdwijning van Maria gesproken?'
Evelien van Ursum knikte.
'Oom Martijn was er erg verdrietig onder. Hij was ervan overtuigd dat zij niet uit vrije wil was weggegaan. Volgens hem waren de twee jongste kinderen van mevrouw Van Borsele bij haar verdwijning betrokken. Hij vreesde zelfs voor haar leven. Als de recherche niets doet, zei hij tegen mij, ga ik zelf op onderzoek.'
'Hoe?'
Evelien van Ursum trok haar schouders op.
'Dat heeft hij mij niet gezegd. Ik denk dat het grootspraak van hem was... misschien wel wanhoop. Waar moet zo'n oude man gaan zoeken?'
De Cock glimlachte.
'Had Maria... mevrouw Van Borsele, een sleutel van de flat van uw oom Martijn?'
Evelien van Ursum knikte.
'En oom Martijn Schuitema had een sleutel van de flat van Maria.'
De Cock gebaarde in haar richting.
'Kent u de garderobe van uw oom?'
'Zeker. Ik kijk het zo nu en dan na of er nog iets naar de stomerij moet. Oom Martijn let zelf niet zo goed op dat soort dingen.'
'Wat heeft hij aan?'
Evelien van Ursum verzonk even in gepeins.
'Zijn beste jas... die met dat astrakan kraagje... en zijn zondagse pak... grijs met een krijtstreepje.
'Wanneer droeg hij die kleren?'
'Alleen bij bijzondere gelegenheden.'
'Zoals?'
'Een feestje, een bruiloft en dat soort zaken. Voor de kerkgang en

begrafenissen had hij een stemmig donker pak met een bijpassende stropdas.'
'Naar zijn kleding te oordelen,' sprak De Cock achteloos, 'is oom Martijn Schuitema dus op weg naar een feestelijke gelegenheid.'
Evelien van Ursum schonk hem een wrange glimlach.
'Daar lijkt het op.'
'Is u van een bijzondere gelegenheid... een festiviteit waarvoor uw oom Martijn zich zo in de puntjes zou kleden, iets bekend?'
'Nee.'
'Heeft oom Martijn buiten u nog andere familie... kinderen?'
Evelien van Ursum schudde haar hoofd.
'Zijn huwelijk met tante Emmy is kinderloos gebleven.'
De Cock leunde achterover in zijn stoel.
'Ik-ben-niet-dood... kom-naar-mij-kijken... Maria. Als u ons belooft dat wij die tekst op de spiegel in de badkamer van uw oom Martijn mogen zien, brengen wij u terug naar Purmerend.'
Op het gezicht van Evelien van Ursum verscheen een brede glimlach. Ze kwam van haar stoel overeind en wreef haar handen over elkaar.
'Daar ben ik voor in,' riep ze opgewekt. 'Het spaart mij een strippenkaart.'

De Cock liet zijn blik door de kamer dwalen. Het flatje van Martijn Schuitema was sober gemeubileerd. Voor de ramen, die uitzicht gaven op het balkon, stonden twee rieten fauteuils en een tweezitsbankje om een ronde tafel met een matglazen blad.
Links was van onder een bruin gedrapeerd gordijn in een aangrenzend vertrek een ijzeren ledikant zichtbaar. Op het nachtkastje gloeiden de rode cijfers van een digitale sluimerwekker.
Het wollen bontgebloemde tapijt vertoonde voor de deur en nabij een van de rieten fauteuils lichte slijtvlekken.
De grijze speurder wees naar een kleine eikehouten secretaire rechts aan de muur.
'Is die afgesloten?'
Evelien van Ursum schudde haar hoofd.
'Oom Martijn heeft nooit iets op slot.'
De Cock liep op haar toe.
'Maria... mevrouw Van Borsele,' formuleerde hij voorzichtig, 'is... zo wordt beweerd... een schatrijke weduwe. Heeft uw oom Martijn wel eens met u over haar rijkdom gesproken?'

Evelien van Ursum grinnikte.
'Ik plaagde oom Martijn wel eens. Dan maakte ik hem complimenten dat hij een rijke vrouw aan de haak had geslagen.'
'Hoe reageerde hij?'
'Oom Martijn zei altijd dat haar rijkdom hem niet kon schelen. Hij vond het alleen jammer dat zij niets met haar geld deed.'
De Cock veinsde onbegrip.
'Wat bedoelde hij daarmee?'
'Een mooie villa met een verwarmd zwembad... fraaie kleren... verre dure reizen... ge-nie-ten. Maria had heel veel aandelen, obligi... eh.'
'Obligaties,' vulde De Cock aan.
Evelien van Ursum knikte.
'Dat bedoel ik. Ze had ook zat geld op de bank, maar gaf voor haarzelf geen cent uit.'
'Deed oom Martijn wel eens zaken voor haar? Had hij volmachten? Ik bedoel, mocht hij van haar geld van de bank halen?'
Evelien van Ursum trok haar schouders op.
'Dat weet ik niet. Ik kom hier om te werken... om zijn boeltje schoon te houden. Verder bemoei ik mij nergens mee.'
De Cock knikte begrijpend.
'Betaalt oom u goed?'
Evelien van Ursum keek argwanend naar hem op.
'Bent u van de belastingen?'
De Cock draaide zich lachend om.
'Wijs mij de badkamer.'
Evelien van Ursum dribbelde voor hem uit naar een kleine hal. Ze maakte de deur van de badkamer open en deed het licht aan. De Cock volgde haar. Midden in de badkamer bleef hij staan.
Op de spiegel boven de wastafel stond in een fors handschrift:
IK-BEN-NIET-DOOD.
KOM-NAAR-MIJ-KIJKEN.
MARIA.
De oude rechercheur nam de tekst minutenlang in zich op. Het bijna fotografische geheugen van de grijze speurder deed zich gelden. Zijn hartslag kreeg een hoger ritme en zijn markant gezicht verstarde.

De beide rechercheurs reden met hun Golf van het station Purmer-

end-Overwhere weg. Er viel natte sneeuw, die tegen de voorruit kleefde. Vledder zette de ruitewissers aan en blikte opzij.
'Ik vind het een stompzinnig gedoe om aan alle reizigers in de trein te vragen of ze een paar dagen geleden een oude dame met een kat in een mandje hebben gezien.'
De Cock schudde zijn hoofd.
'Het is niet stompzinnig,' reageerde hij nukkig.
Vledder duimde over zijn schouder.
'Hoe vaak wil jij dat treinreisje naar Enkhuizen nog maken?'
De Cock bromde.
'Tot het succes oplevert.'
'Daar geloof jij in?'
'Absoluut.'
Vledder grinnikte.
'Het heeft toch geen zin meer.'
'Wat niet?'
Vledder keek hem niet-begrijpend aan.
'Wil je dan nog doorgaan met het onderzoek naar de verdwenen mevrouw Van Borsele?'
De Cock reageerde verwonderd.
'Waarom vraag je dat?'
Vledder liet het stuur van de Golf even los en spreidde zijn beide handen.
'We weten in ieder geval dat ze nog in leven is. Het stond op de spiegel: ik-ben-niet-dood.'
De Cock liet zich onderuitzakken.
'Dat stond op de spiegel,' sprak hij toonloos.
Vledder maakte een grimas.
'En oom Martijn Schuitema is op weg gegaan om naar haar te kijken.'
De Cock drukte zich weer omhoog en keek hem scherp aan.
'Waar?'
'Wat bedoel je?'
'Waar is oom Martijn Schuitema heen om naar zijn Maria te kijken?'
Vledder haald zijn schouders op.
'Weet ik veel,' riep hij geprikkeld. 'Het interesseert mij ook niet. Nu we weten dat de oude mevrouw Van Borsele leeft... dat haar niets is overkomen... kunnen wij de zaak sluiten.'
'Sluiten?' vroeg De Cock ongelovig.

'Ja... sluiten. Men kan moeilijk zeggen dat we er niet voldoende aandacht aan hebben besteed.'
'Je bedoelt dat de zaak rond is?'
'Ja.'
De Cock maakte een theatraal gebaar.
'En de oude verliefde Martijn Schuitema,' sprak hij hatelijk en op een cynisch toontje, 'heeft de hartekreet van zijn aanbeden Maria op de spiegel begrepen.
In zijn zondagse pak en zijn mooiste jas met een sierlijk astrakankraagje, is hij op zijn vurig paard in galop naar haar toe gereden... en ze leefden daarna samen nog lang en gelukkig.'
Vledder draaide zich met een ruk naar hem toe. Het bijtend sarcasme van zijn oude collega trof hem.
'Wat heb je?' vroeg hij verrast.
De Cock draaide zich half naar hem toe.
'Heb jij eergisteren,' vroeg hij ernstig, 'die tekst op de spiegel in de badkamer van de oude mevrouw Van Borsele gezien?'
Vledder schudde zijn hoofd.
'Ik niet. Ik ben niet in die badkamer geweest. Jij hebt die tekst toch ontdekt?'
De Cock snoof.
'En ik heb die woorden,' antwoordde hij hoofdknikkend, 'toen verrekt goed bekeken. Intuïtief wist ik dat die tekst belangrijk was.'
De oude rechercheur schudde mismoedig zijn hoofd.
'Maar nog voordat wij kans hadden gezien om die tekst door Bram van Wielingen fotografisch te laten vastleggen, heeft iemand de woorden op de spiegel bekwaam uitgewist.'
Vledder fronste zijn wenkbrauwen.
'Was dat de feitelijke reden van de inbraak?
'Mogelijk.'
'Waarom?'
De Cock ademde diep.
'Om ons de mogelijkheid te ontnemen om de tekst op de spiegel in de badkamer van de oude mevrouw Van Borsele door deskundigen te laten vergelijken met de tekst op de spiegel in de badkamer van Martijn Schuitema.'
Vledder keek hem wazig aan.
'Dat begrijp ik niet.'
De Cock kauwde op zijn onderlip.

'Het handschrift op de spiegel in de badkamer van Martijn Schuitema lijkt in vele opzichten op het handschrift van de oude mevrouw Van Borsele. Dezelfde forse aanzet. Ik werd er bijna door misleid.'
De oude rechercheur ademde hoorbaar.
'Maar-het-is-haar-handschrift-niet.'
Vledder keek hem verbijsterd aan.
'Haar handschrift niet?' herhaalde hij.
De Cock schudde zijn hoofd.
'Het lijkt erop, maar er zijn minimale, maar toch duidelijk herkenbare verschillen.'
De blik van Vledder verhelderde.
'Iemand heeft haar handschrift nagebootst.'

Even voorbij het Schouw bracht Vledder de Golf op de vluchtstrook tot stilstand en liet voor en achter de veiligheidslichtjes knipperen.
De Cock keek hem verwonderd aan.
'Hebben we panne?'
Vledder sloeg zijn handen voor zijn gezicht.
'Ik... eh, ik... eh,' stamelde hij, 'ik moet dit even verwerken. Rustig. Anders maak ik straks brokken op de weg.'
De Cock grijnsde.
'Denk aan mijn pensioen,' riep hij spottend. 'Ik heb er lang genoeg voor betaald.'
Na enkele minuten nam de jonge rechercheur zijn handen voor zijn gezicht weg en zuchtte diep.
'De tekst in de badkamer van Martijn Schuitema,' formuleerde hij weifelend, 'is niet door de oude mevrouw Van Borsele op de spiegel gezet?'
'Nee.'
'Het is een nagebootst handschrift?'
'Precies.'
'De woorden op de spiegel "Ik-ben-niet-dood" hebben geen enkele betekenis?'
De Cock maakte een schouderbeweging.
'Ik weet niet welke betekenis men aan die vier simpele woorden moet hechten. Men mag er mijns inziens niet uit concluderen dat de oude mevrouw Van Borsele ook inderdaad nog leeft.'
Vledder liet zijn hoofd zakken.
'Dat deed ik.'

De Cock knikte.
'Voorbarig... vandaar mijn... eh, mijn nogal sarcastische reactie. Het was om je te prikkelen.'
Vledder maakte een verontschuldigend gebaar.
'Ik wist toch niet,' sprak hij timide, 'dat die woorden op de spiegel in de badkamer van Martijn Schuitema niet door de oude mevrouw Van Borsele waren geschreven.'
De Cock knikte hem bemoedigend toe.
'Je hebt gelijk,' sprak hij sussend. 'Dat kon jij niet weten.'
De jonge rechercheur zweeg enige tijd. Op zijn voorhoofd verscheen na een poosje een diepe denkrimpel.
'Wie is dan verantwoordelijk voor die tekst?'
De Cock grijnsde.
'Iemand die haar handschrift goed kent.'
'Zo goed, dat hij of zij dat handschrift bijna feilloos kan nabootsen,' zei Vledder.
De grijze speurder schonk de jonge rechercheur een milde glimlach en wees voor zich uit.
'Gaan we nu verder?'

Vledder parkeerde de Golf op de gladde houten steiger achter het bureau. De Cock zette voorzichtig zijn rechtervoet in de sneeuw. Zich vasthoudend aan het portier van de wagen bracht hij zijn tweede voet naar buiten. 'Levensgevaarlijk,' bromde hij, 'aan de rand van het water. Ik heb geen zin in een nat pak.'
Vledder lachte.
'Ik zal een loper voor je uitleggen.'
De Cock reageerde niet. Zachtjes schuifelend liep hij de steiger af. Via de Oudebrugsteeg bereikten ze de Warmoesstraat. Het was er druk en het wegdek was vies. De witte sneeuw was tot een bruine brei vertrapt.
Een jong hoertje klemde zich aan De Cock vast.
'Je moet die pooier van mij eens onder handen nemen,' snauwde ze met een grogstem.
'Zwarte Harry?'
Ze knikte.
'Viezerik.'
'Waarom... viezerik?'
'Hij vangt van mij poen en voost met een ander.'

De Cock knikte begrijpend.
'Kom morgen maar even bij mij langs.'
Toen de oude rechercheur de hal van het politiebureau binnenstapte, wenkte Jan Kusters hem van achter de balie.
De Cock liep op hem toe.
'Problemen?' vroeg hij vriendelijk.
De wachtcommandant maakte een vreemde grimas.
'Die ouwe was vanavond hier.'
'Welke ouwe?'
'De commissaris... Buitendam.'
De Cock grinnikte.
'Zomaar... buiten kantoortijd?'
Jan Kusters knikte.
'Hij had een gezicht van oude lappen en vroeg naar jou. Het schijnt dat hij thuis is gebeld door het hoofd van de politie in Purmerend.' De wachtcommandant keek hem onderzoekend aan. 'Heb jij wat met Purmerend?'
De Cock maakte een wegwerpgebaar.
'Buitendam,' riep hij wrevelig, 'moet rustig gaan slapen.' De oude rechercheur veranderde van toon. 'Verder nog nieuws?'
Jan Kusters wees omhoog.
'Er zit boven nog een vrouw op je te wachten.'
De Cock hield zijn hoofd iets scheef.
'Wie?'
'Ik heb haar naam niet opgenomen. Het was druk aan de balie toen ze kwam.'
'Jong... oud?'
Jan Kusters tuitte zijn lippen.
'Veertig... vijfenveertig jaar.'
'Zit ze daar al lang?'
Jan Kusters raadpleegde zijn horloge.
'Bijna een uur.'
De Cock draaide zich om en besteeg de stenen trappen naar de tweede etage.
Vledder volgde soepel.
Op de bank naast de toegangsdeur van de grote recherchekamer zat een vrouw. Toen ze de grijze speurder in het oog kreeg, stond ze op en liep op hem toe.
De Cock bleef verbaasd staan.

'Mevrouw Van der Vennen,' riep hij verrast. 'Wat komt u hier doen?'
Ze keek hem strak aan. Haar gezicht zag vaal. Langzaam schudde ze haar hoofd.
'Ze hebben hem nog niet.'
'Wie?'
'De moordenaar van mijn man.'

# 10

De Cock liet zich op de stoel achter zijn bureau zakken. Secondenlang keek hij haar onderzoekend aan.
'U ziet er slecht uit,' stelde hij bezorgd vast.
Mevrouw Van der Vennen knikte.
'Sinds de dood van mijn man heb ik bijna geen oog dichtgedaan. Ik kan het niet verwerken. Ik voel mij machteloos en opstandig. Dat tast mijn gestel aan. Ik heb het gevoel, dat ik van binnen wordt uitgehold.'
De Cock schudde zijn hoofd.
'Dood is onomkeerbaar. Uw zorgen en gepeins brengen uw man niet tot leven.'
De rechterhand van mevrouw Van der Vennen streelde het zachte leer van haar handtasje op haar schoot.
'Bobbejaan was een lieve, zachtaardige man... altijd bereid om iemand te helpen.'
De Cock keek haar glimlachend aan.
'De keren dat ik met hem heb gesproken, maakte hij ook op mij een sympathieke indruk. Ondanks mijn bescheiden middelen, beloofde hij mij een paleisje.'
Mevrouw Van der Vennen zuchtte.
'Zo was hij,' sprak ze hoofdknikkend. 'Bobbejaan gaf de mensen altijd het gevoel, dat hij hen hoogachtte. Hij vond dat ieder mens het waard was om menswaardig te worden behandeld.'
De Cock gleed met zijn pink over de rug van zijn neus.
'De mortuis nil nisi bene.'
Mevrouw Van der Vennen reageerde verward.
'Dat is?' vroeg ze onzeker.
De Cock gebaarde in haar richting.
'Een Latijnse spreuk: Over de doden niets dan goeds. Had uw man geen vijanden?'
Mevrouw Van der Vennen schonk hem een meelijwekkend lachje.
'Mijn Bobbejaan... mijn Bobbejaan had alleen maar vrienden... mensen, die van hem hielden.'
De Cock maakte een wrevelig gebaar.
'Toch moet er iemand zijn geweest, die de dood van uw man zo belangrijk vond, dat hij of zij daar een moord voor over had.'

Mevrouw Van der Vennen keek hem smekend aan.
'Wie... wie haalt het in zijn misdadig brein om mijn man als een hond neer te schieten?'
De Cock negeerde de vraag.
'Hebt u met de rechercheurs gesproken die de moord op uw man onderzoeken?'
Mevrouw Van der Vennen stak de wijsvinger van haar rechterhand omhoog.
'Eén keer... een halfuurtje... bij mij thuis. Ze vroegen, net als u, of Bobbejaan vijanden had... of hij wel eens door iemand was bedreigd.'
De Cock keek haar ongelovig aan.
'Meer niet? Ik bedoel: zijn ze later niet terug geweest om details met u te bespreken?'
Mevrouw Van der Vennen schudde haar hoofd.
'Ik heb een paar maal naar het politiebureau gebeld om inlichtingen. Het enige antwoord dat ik kreeg was, dat de dood van mijn man nog alle aandacht had.'
De Cock maakte een hulpeloos gebaar.
'Sommige onderzoeken,' sprak hij sussend, 'zijn nogal tijdrovend. Ik denk dat men over te weinig aanwijzingen beschikt om het onderzoek naar de moord op uw man snel en succesvol af te wikkelen.'
Mevrouw Van der Vennen trok haar gezicht strak.
'Ik wil weten,' sprak ze bits, 'wie mijn man heeft vermoord en waarom!'
De Cock knikte instemmend.
'Een redelijk verlangen.'
Mevrouw Van der Vennen boog zich iets naar hem toe.
'U zou mij helpen zijn moordenaar te vinden.'
De Cock schudde zijn hoofd.
'Ik kan en mag mij niet mengen in dat onderzoek. Dat heb ik u ook gezegd. Ik heb beloofd dat ik het onderzoek op afstand zou volgen... raad geven... als men daarnaar luisteren wil.'
Mevrouw Van der Vennen keek naar hem op.
'Ik heb aan die rechercheurs uw naam genoemd. Hebben zij zich met u in verbinding gesteld?'
De Cock schudde zijn hoofd.
'Ik verwacht ook niet dat zij dat zullen doen. Amsterdamse rechercheurs hebben buiten Amsterdam niet zo'n beste naam. Ze staan als

hooghartig en eigengereid te boek.' De grijze speurder glimlachte.
'Ik zal eens informeren,' sprak hij geruststellend, 'of men al vorderingen heeft gemaakt.'
Mevrouw Van der Vennen verschoof iets op haar stoel. Ze legde vertrouwelijk haar hand op de arm van De Cock.
'Ik wil weten wie mijn man heeft vermoord,' sprak ze dwingend. 'Ik wil dat aan mijn man recht wordt gedaan. Eerder heb ik geen rust.'
De Cock trok zijn gezicht in een ernstige plooi.
'Ik besef dat volkomen... al tijdens ons eerste onderhoud na de dood van uw man, hebt u uw standpunt over recht en gerechtigheid duidelijk gemaakt. U behoeft mij daaraan niet steeds te herinneren.'
Mevrouw Van der Vennen trok haar hand terug.
'Ik lig soms hele nachten in bed te piekeren.'
Ze knipte het lederen handtasje op haar schoot open.
'Gisternacht,' sprak ze, nerveus zoekend in haar tasje, 'heb ik overwogen, dat de moord op mijn man wellicht verband houdt met een opdracht die hij kreeg als architect.'
De Cock knikte.
'Dat is heel goed mogelijk.'
Mevrouw Van der Vennen plukte uit haar tasje een kleingevouwen A-viertje en overhandigde dat aan de oude rechercheur.
'Bobbejaan was zeer nauwgezet,' sprak ze verduidelijkend. 'Hij noteerde alles. Ik heb de agenda's van de laatste drie jaren van mijn man doorgesnuffeld en een lijst gemaakt van de namen van de mensen met wie hij een afspraak had.'
De Cock nam het A-viertje van haar over en vouwde het open.
'Hebt u zo'n lijst,' vroeg hij vriendelijk, 'ook ter hand gesteld van de rechercheurs, die de moord op uw man onderzoeken?'
'Nee.'
'Waarom niet?'
Mevrouw Van der Vennen trok haar schouders op.
'Dat weet ik niet,' antwoordde ze onzeker.
De Cock keek haar bestraffend aan.
'Wel doen,' drong hij aan. 'Het is een mogelijkheid die men niet mag verwaarlozen. Hebt u nog een kopie van deze lijst?'
'Ja.'
De Cock liet zijn blik over het papier dwalen.
'Kent u de mensen die op deze lijst staan?'
Mevrouw Van der Vennen knikte.

'Met de meesten van hen heb ik gesproken... koffie of thee geserveerd... als mijn man met hen sprak. Ik had aanvankelijk ook uw naam op de lijst staan, maar die heb ik later geschrapt.'
De Cock glimlachte.
'Ik was in uw ogen geen redelijke verdachte.'
Ineens keek de oude rechercheur verrast van de lijst op.
'Bathmen,' zei hij opgewonden. 'Hier staat de heer W. Bathmen.'
Hij draaide zich met een ruk naar de vrouw toe. 'Wie is de heer W. Bathmen?'
Mevrouw Van der Vennen maakte een achteloos gebaartje.
'Een aardige, bescheiden man. Hij kwam met Bobbejaan praten over een bedrijfspand.'
De Cock trok zijn wenkbrauwen samen.
'Een bedrijfspand?'
Mevrouw Van der Vennen knikte.
'De heer Bathmen wilde op het industrieterrein in Medemblik een visfileerbedrijf op poten zetten. Met de havens van Den Helder en Den Oever dichtbij, leek de lokatie hem bijzonder geschikt. Hij had, zo vertelde hij mij en mijn man, al een soortgelijk fileerbedrijf in IJmuiden.'

Het wolkenpak dat de Amsterdamse binnenstad omhulde, hing laag en wikkelde de toppen van de eeuwenoude geveltjes in grijze wollen dekens. Grote natte sneeuwvlokken dwarrelden traag omlaag.
Vanaf het Stationsplein, waar hij uit de tram was gestapt, slenterde De Cock langs het Victoriahotel naar het brede trottoir van het Damrak. Hij trok de kraag van zijn regenjas wat omhoog en drukte zijn vilten hoedje naar voren. Vanonder de gebogen rand keek hij naar de sombere gezichten, die aan hem voorbijgleden. De sneeuwbrei waarin ze voortsjokten, scheen alle blijheid te hebben verdrongen.
De grijze speurder verkeerde zelf in een puike stemming.
Een korte, maar intense nachtrust, had zijn geest verkwikt. Hij verheugde zich op een tocht naar de havens van IJmuiden... op een pittig onderhoud met de aardige, en zo bescheiden heer W. Bathmen, die ruim anderhalf jaar geleden in Wervershoof met architect Bobbejaan van der Vennen plannen voor een bedrijfspand in Medemblik had besproken.

En die aardige en zo bescheiden heer Bathmen was samen met Roderick van Borsele directeur en mede-eigenaar van een visfileerbedrijf in IJmuiden.
Architect Bobbejaan van der Vennen was dood. Iemand joeg hem in Wervershoof onverhoeds drie kogels door zijn lijf. Roderick van Borsele had een paar dagen geleden bij hem aan de Warmoesstraat aangifte gedaan van de vermissing van zijn lieve moeder. Hoewel beide zaken in geen enkel verband met elkaar leken te staan, prikkelden ze de fantasie van De Cock.
Bij de Oudebrugsteeg stak hij abrupt de rijbaan van het Damrak over, huppelde vrolijk aan een aanstormende tram voorbij, liet ongewild een vrachtwagen schielijk stoppen en bereikte uiteindelijk heelhuids de overkant, waar hij een paar bekende nachthoertjes, op weg naar huis, uitbundig groette.
De Cock had er zin in. Hij sjokte blijmoedig naar de Warmoesstraat, negeerde de pislucht uit de Heintje Hoekssteeg en stapte het bureau binnen. Omdat Jan Kusters even niet keek, glipte hij half gebukt aan de balie voorbij en besteeg de twee trappen naar de recherchekamer. Toen hij binnenstapte zag hij Vledder al ijverig achter zijn elektronische schrijfmachine zitten. Pas toen De Cock tegenover hem in zijn stoel plofte, keek hij op.
'Je bent alweer laat.'
De grijze speurder keek op zijn horloge.
'Het is pas half tien.'
Vledder bromde.
'Ik ben al een paar uur bezig.'
De Cock gniffelde.
'Braaf, m'n jong, heel braaf. De morgenstond heeft goud in de mond.'
Vledder keek hem vernietigend aan. Met De Cock in een jolige bui was, zo wist hij, niets te beginnen.
'Ik heb die Bathmen nagetrokken.'
'En?'
'Niets aan de hand.'
'Hoe bedoel je?'
Vledder gebaarde voor zich uit.
'Hij komt in onze administratie niet voor en volgens de politie in IJmuiden is hij een nette visinkoper, die nog nooit moeilijkheden heeft veroorzaakt.'

De Cock trok zijn schouders op.
'Dat zegt niets. De charmante Henri-Désiré Landru gold ook als een nette man, tot men er achter kwam, dat hij de lijken van de vele vrouwen die hij had vermoord, in zijn fornuisje opstookte.'
'Dat is lang geleden.'
De Cock knikte.
'Maar een les voor het heden.'
Vledder negeerde de opmerking.
'Commissaris Buitendam heeft al een paar maal naar je gevraagd.'
De Cock spreidde zijn handen.
'Problemen?'
Vledder knikte.
'Hij zeurde over een declaratie.'

Commissaris Buitendam, de lange, statige chef van politiebureau Warmoesstraat, wenkte met een slanke hand.
'Kom binnen, De Cock,' sprak hij geaffecteerd, 'en ga zitten.' Hij kwam achter zijn bureau vandaan en gebaarde uitnodigend naar het zitje van stalen meubelen bij het raam, waar de commissaris slechts zijn prominente gasten ontving.
De grijze speurder trok zijn gezicht in een onwillige, norse plooi. Toenaderingen van zijn chef wees hij in de meeste gevallen koel en hooghartig van de hand. Hij had geen hekel aan zijn commissaris, maar leefde met hem toch op enigszins gespannen voet. De Cock hield dat graag zo... beducht voor elke inmenging in zijn wijze van onderzoek.
'Als het u hetzelfde is... blijf ik liever staan.'
Op het bleke gezicht van de commissaris kwam een lichte blos. 'Zoals je wilt.' Hij liep terug naar zijn bureau en nam wat stijfjes plaats.
'Jij en Vledder,' opende hij voorzichtig, 'zijn een paar maal in Purmerend gesignaleerd. Wat hadden jullie daar te zoeken?'
De Cock schonk hem een beminnelijke glimlach.
'Wie... wie heeft ons gesignaleerd?'
Commissaris Buitendam wuifde de vraag weg.
'Wat hadden jullie in Purmerend te zoeken.'
De Cock grijnsde breed.
'Wij... zoeken? Een vrouw... een bejaarde vrouw, die naar haar oudste zoon in Amsterdam zou komen, maar plotseling van de aardbodem verdween.'

Commissaris Buitendam strekte zijn handen voor zich uit en drukte zijn vingertoppen tegen elkaar.
'Een bejaarde vrouw?'
De Cock knikte.
'Drieënzeventig jaar... niet onbemiddeld... lijdt al geruime tijd aan kanker... heeft vermoedelijk niet lang meer te leven.'
Commissaris Buitendam keek hem verwonderd aan.
'Dat is alles?'
'Hoe bedoelt u?'
Commissaris Buitendam wuifde met beide handen.
'Een... eh, een... eh, een doodgewone vrouw,' riep hij stotterend. 'Geen Madame Curie... geen Moeder Teresa... geen Lady Thatcher... geen geacht lid van het Koninklijk Huis?'
De Cock reageerde verrast.
'Waarom zo cynisch?' vroeg hij verbaasd. 'De bejaarde mevrouw Van Borsele is inderdaad een doodgewone vrouw en sinds kort is ook haar bejaarde vriend verdwenen. Een doodgewone man... geen Albert Einstein... geen president van de Verenigde Staten en ook geen geacht lid van het Koninklijk Huis.'
Commissaris Buitendam grinnikte vreugdeloos.
'De Cock,' sprak hij hoofdschuddend, 'dat kan niet. Je zult prioriteiten moeten stellen. Je kunt als rechercheur niet domweg je tijd verdoen aan de simpele vermissing van een bejaarde vrouw.'
De Cock veinsde onbegrip.
'Waarom niet?'
Commissaris Buitendam wond zich zichtbaar op.
'Als we achter alle vermiste personen zouden aan hollen dan...'
Hij maakte zijn zin niet af. Met een ruk boog hij zich voorover en tikte met zijn wijsvinger op een vel papier voor zich op zijn bureau.
'Een declaratie,' sprak hij smalend, 'voor speelse treinreisjes van Purmerend naar Enkhuizen... vice versa.' Hij keek grijnzend op. 'Waar zijn jullie in godsnaam mee bezig?'
De Cock voelde hoe de woede in zijn aderen sloop.
'Wij zijn,' sprak hij met ingehouden emotie, 'op zoek naar twee spoorloos verdwenen mensen... doodgewone mensen, die er gewoon recht op hebben dat ik een onderzoek naar hun verdwijning instel. En indien u, als mijn directe chef, daar bezwaar tegen hebt... en ik niet in uw naam bezig mag zijn... juist, dan ben ik in godsnaam bezig.'

Het duurde even. Enkele seconden. Toen werd het gezicht van commissaris Buitendam lijkbleek. Traag kwam hij achter zijn bureau omhoog. Met een gebaar van ingehouden woede strekte hij zijn rechterarm trillend naar de deur.
'Eruit.'
De Cock ging.

# 11

Toen De Cock in de grote recherchekamer terugkwam, schoof Vledder de schrijfmachine van zich af en keek hem schuins onderzoekend aan.
'Ben je weer weggestuurd?' vroeg hij dwingend.
De Cock knikte, een brede grijns op zijn gezicht.
'Die man leert het nooit,' sprak hij hoofdschuddend. 'Hij lokt mij eerst uit om iets onaardigs tegen hem te zeggen en als ik dat dan uiteindelijk doe, stuurt hij mij zijn kamer af.'
Vledder zwaaide afwerend.
'Volgens mij doe je het met opzet... schep jij er een kinderlijk behagen in om die man dwars te zitten. Ik kan mij niet herinneren dat jij ooit een normaal gesprek met de commissaris hebt gevoerd.'
De Cock grinnikte jongensachtig.
'Je hebt gelijk. Het wordt altijd heibel.'
Vledder maakte een misnoegd gebaar.
'Twee volwassen mensen, die elkaar al tientallen jaren kennen...'
De jonge rechercheur maakte zijn zin niet af.
De grijze speurder liet zich in zijn stoel zakken.
'Hij moet zich ook niet met mijn zaken bemoeien,' riep hij geprikkeld. 'Dat moet hij toch onderhand weten. Ik meen, dat ik in mijn lange carrière als rechercheur genoegzaam heb bewezen in staat te zijn om mijn onderzoeken succesvol af te ronden... zonder zijn inmenging.'
Vledder zuchtte.
'Hij is jouw directe chef,' formuleerde hij braaf, 'commissaris van dit bureau en medeverantwoordelijk voor jouw gedrag.'
De Cock keek hem aan in de mening dat hij schertste. Maar het gezicht van de jonge rechercheur stond ernstig.
De grijze speurder ademde diep.
'Hij moet mij mijn gang laten gaan,' sprak hij. 'Ik heb zijn toezicht niet nodig. Daar word ik alleen maar narrig van.'
Vledder negeerde de opmerking.
'Wat was er met die declaratie?'
De Cock keek op.
'Heb jij die treinkaartjes gedeclareerd?'
Vledder knikte.

'Dat behoeven wij toch niet uit eigen zak te betalen!'
In zijn stem trilde verontwaardiging.
De Cock maakte een grimas.
'Commissaris Buitendam deed er nogal neerbuigend over. Hij sprak van speelse treinreisjes van Purmerend naar Enkhuizen... vice versa.'
Vledder keek hem verwonderd aan.
'Zei hij dat? Speelse treinreisjes?'
De Cock knikte.
'Alsof ik voor mijn plezier in een boemeltje ga zitten.'
Vledder boog zich ver over zijn schrijfmachine heen. Het gezicht van de jonge rechercheur glunderde.
'Ik heb een verrassing voor je,' sprak hij geheimzinnig.
De Cock keek hem argwanend aan.
'Een aangename?'
'Terwijl jij bij commissaris Buitendam was, ben ik gebeld door een vrouw... een vrouw uit Stede Broec.'
De Cock fronste zijn wenkbrauwen.
'Stede Broec? Dat ligt toch in West-Friesland, pal voor Enkhuizen?'
Vledder knikte en raadpleegde de aantekeningen voor zich op zijn bureau.
'Ze heet Agatha van Kapelle... is zevenendertig jaar... woont in Stede Broec. Ze werkt een paar dagen per week tot 's avonds zes uur op een accountantskantoor in Purmerend en rijdt dan met de trein van kwart voor zeven van het station Purmerend-Overwhere terug naar huis.'
De ogen van De Cock begonnen te glinsteren.
'Heeft zij de oude mevrouw Van Borsele gezien?' vroeg hij opgetogen.
Vledder knikte.
'Gisteravond hoorde ze van medereizigers, dat wij in de trein naar Enkhuizen aan een ieder hadden gevraagd of hij of zij een bejaarde vrouw met een kat in een rieten mandje had gezien. Mevrouw Van Kapelle herinnerde zich die oude vrouw heel goed. Ze zat met haar kat op schoot tegenover haar.'
De Cock klapte in zijn handen.
'Fantastisch.'
Het gezicht van Vledder versomberde.

'Die Agatha van Kapelle heeft ook met de oude mevrouw Van Borsele gesproken.'
'En?'
'Ze vertelde dat ze met haar kat in Hoorn bij het station zou worden afgehaald.'
De Cock kneep zijn wenkbrauwen samen.
'Afgehaald?'
'Ja.'
'Door wie?'
Vledder likte aan zijn droge onderlip.
'Haar zoon.'

Na de rondweg om Amsterdam stuurde Vledder de Golf bij het knooppunt Badhoevedorp de A9 op in de richting van Haarlem, Zandvoort en IJmuiden. Het sneeuwde niet meer, maar de lucht zag nog grauw. De jonge rechercheur blikte opzij naar De Cock, die wat onderuitgezakt naast hem zat.
'De oude mevrouw Van Borsele,' opperde hij, 'heeft twee zoons.'
De grijze speurder knikte gelaten.
'Roderick en Rigobert. Wij hebben met beiden kennisgemaakt.'
Vledder gebaarde voor zich uit.
'Een van die twee moet haar met haar kat in Hoorn van het station hebben afgehaald.'
De Cock reageerde niet direct. Die simpele vaststelling bevredigde hem niet. 'Een moeder, bepeinsde hij, die een afspraak heeft met een zoon in Amsterdam, reist met de trein in tegenovergestelde richting om in Hoorn een afspraak te hebben met... een zoon?'
'Dat gesprek,' vroeg de oude rechercheur na een poosje, 'dat gesprek, dat die Agatha van Kapelle uit Stede Broec met haar voerde, leverde dat niet meer gegevens op, dan dat de oude mevrouw Van Borsele in Hoorn door haar zoon zou worden afgehaald?'
Vledder maakte een verontschuldigend gebaar.
'Ik was zo blij met dat telefoontje, dat ik feitelijk heb verzuimd om nader op dat gesprek in te gaan. Ik heb niet naar details gevraagd.'
De Cock spreidde zijn handen.
'Het feit, dat zij die avond haar kat in een mandje meenam, duidt er mijns inziens op, dat de oude mevrouw Van Borsele zich voorbereidde op een langer verblijf... waar dan ook.'
Vledder trok zijn schouders op.

'Maar voor zo'n langer verblijf,' sprak hij aarzelend, 'had ze niets bij zich... geen toiletartikelen... geen koffertje met een nachthemd.'
De Cock wreef zich achter in zijn nek.
'Heeft Agatha van Kapelle nog verteld welke indruk de oude vrouw op haar maakte?'
Vledder knikte.
'Opgewekt, bijna vrolijk... niet neerslachtig of timide. Volgens Agatha van Kapelle kwebbelde de oude mevrouw Van Borsele honderduit.'
'Was ze alleen?'
'Hoe bedoel je?'
'Was er iemand in gezelschap van de oude dame?'
Vledder liet zijn hoofd iets zakken.
'Daar heb ik niet naar gevraagd. Maar ik neem aan dat zij niemand bij zich had. Anders had die Agatha van Kapelle mij daar wel iets over gezegd.'
De Cock kauwde nadenkend op zijn onderlip.
'Het lijkt mij best zinvol om Agatha van Kapelle uit Stede Broec eens voor een onderhoud uit te nodigen. Misschien heeft de kwebbelende mevrouw Van Borsele toch iets opgemerkt dat voor ons onderzoek van belang kan zijn.'
Vledder schudde zijn hoofd.
'Ik begrijp er zo langzamerhand niets meer van,' sprak hij jammerend. 'Waarom lopen wij altijd tegen bijna onoplosbare raadsels op?'
De Cock glimlachte.
'We kunnen er in ieder geval van overtuigd zijn, dat de oude mevrouw Van Borsele op de rit naar haar verdwijning niet bang of angstig was... geen gevaar vreesde.'
Vledder fronste zijn wenkbrauwen.
'Moet dat? Is er gevaar te duchten als je zoon je aan het station komt ophalen?'
De Cock streek met zijn pink over de rug van zijn neus.
'Was het haar zoon?'
Vledder keek hem verrast aan.
'Ik begrijp je niet.'
De Cock draaide zich half naar hem toe. 'Is het niet mogelijk, dat een ander haar in Hoorn aan het station kwam ophalen?'

'Je bedoelt, in plaats van haar zoon?'
De Cock grijnsde.
'In opdracht van een zoon?'

Het visfileerbedrijf van de firma Bathmen & Van Borsele bleek gevestigd in een modern gebouw van rode baksteen, voor de aanvoer gunstig gelegen op een steenworp afstand van de rijksvisafslag. Vledder reed de parkeerplaats op en vond een bescheiden plekje tussen twee enorme witte vrachtwagens waarop met zwarte letters Bathmen & Van Borsele in een vloeiende schrijfstijl stond.
De beide rechercheurs stapten uit.
De Cock keek langs de vrachtwagens omhoog.
'De vis wordt duur betaald,' mompelde hij.
Vledder lachte.
'De tijd van Kniertje is voorbij.'
Ze slenterden naar de ingang van het gebouw. Via glazen tochtdeuren bereikten ze een brede hal. Achter een halfronde balie zat een jonge blonde vrouw. Ze droeg een strak hemelsblauw pakje met een spierwit opstaand kraagje en witte manchetten aan de mouwen.
De grijze speurder nam beleefd zijn hoedje af.
'Mijn naam is De Cock... met... eh, met ceeooceekaa.' Hij duimde opzij. 'Dat is mijn collega Vledder. Wij zijn rechercheurs van het politiebureau aan de Warmoesstraat in Amsterdam. Wij hadden graag een onderhoud met de heer Bathmen.'
De jonge vrouw kwam van haar stoel overeind.
'Bent u meneer De Cock?'
De oude rechercheur knikte.
'Dat ben ik.'
De jonge vrouw straalde.
'Mijn verloofde heeft alle boeken die Baantjer over u heeft geschreven.'
De Cock grijnsde breed.
'Vertel aan uw verloofde, dat Baantjer altijd schromelijk overdrijft.'
'Ik zal het hem zeggen,' sprak de jonge vrouw timide. Ze ging weer zitten en pakte de telefoon. Na een kort gesprek kwam ze achter de balie vandaan en ging de beide rechercheurs voor naar een witbetegelde gang. Aan het einde van de gang opende ze een deur en trok zich toen bescheiden terug.
Achter een immens groot bureau zat een breedgeschouderde man in

een donkerblauw kostuum. De Cock schatte hem op achter in de vijftig. Hij had een vriendelijk rond, bol gezicht, met daarin een paar heldere blauwe ogen. Door vlassig blond haar schemerde een kalende schedel.
Hij kwam uit zijn stoel overeind en schudde de rechercheurs de hand.
'Bathmen,' stelde hij zich voor. 'Willem Bathmen. Wat verschaft mij het genoegen van een bezoek van de Amsterdamse recherche?'
Hij wees uitnodigend naar de stoelen voor zijn bureau. 'Ga zitten. Zal ik iets te drinken bestellen?'
De Cock schudde zijn hoofd. Hij knoopte zijn regenjas los, nam tegenover de directeur plaats en legde zijn hoedje naast zich op de vloer.
'Wij zijn,' opende hij voorzichtig, 'heel bij toeval... zijdelings... betrokken geraakt bij de moord op de architect Bobbejaan van der Vennen in Wervershoof. Uit ons onderzoek is gebleken, dat u zo'n anderhalf jaar geleden de heer Van der Vennen heeft benaderd voor de bouw van een bedrijfspand in Medemblik.'
De heer Bathmen knikte.
'Dat klopt. Roderick en ik waren van plan om in Medemblik een soort filiaal van ons visverwerkingsbedrijf te vestigen. Met Den Helder en Den Oever als aanvoerhavens in de nabijheid, leek ons Medemblik een gunstige lokatie. Bovendien beloofde het gemeentebestuur van Medemblik ons aantrekkelijke faciliteiten.'
De Cock keek demonstratief om zich heen.
'Is de heer Roderick van Borsele niet aanwezig?'
De heer Bathmen blikte op zijn goudkleurige bureauklok.
'Hij kan elk ogenblik hier zijn.'
De Cock gebaarde voor zich uit.
'Hoe kwam u met architect Van der Vennen in contact?'
De heer Bathmen glimlachte.
'Relaties... recommandaties. De heer Van der Vennen stond als een uitstekend vakman te boek. Hij had moderne frisse ideeën.'
'Is dat bedrijfspand gebouwd?'
De heer Bathmen schudde zijn hoofd.
'De Europese Economische Gemeenschap,' sprak hij somber, 'besloot om ons land visvangstbeperkingen op te leggen. Vanuit Brussel werden quota vastgesteld. Minder vis... voor een visfileerbedrijf dodelijk.'

'Het ging niet door?'
De heer Bathmen trok een grijns.
'Roderick van Borsele en ik hebben ons over de gewijzigde omstandigheden beraden en besloten om het plan Medemblik te schrappen.'
'Jammer voor de werkgelegenheid in Medemblik.'
De heer Bathmen knikte.
'Het plan is nog niet helemaal van de baan. Wanneer de biologen vaststellen dat de visstand zich heeft hersteld en er ruimere vangstmogelijkheden komen, dan zouden wij de plannen alsnog kunnen uitvoeren.'
De Cock keek hem strak aan.
'Zonder architect Van der Vennen.'
Het gezicht van de heer Bathmen betrok.
'Ik las enige dagen geleden van de moord in de krant. Een kort berichtje. Ik heb nog overwogen om mevrouw Van der Vennen een condoleance te sturen, maar daar is niets van gekomen.'
De Cock schonk hem een matte glimlach.
'De dood van Van der Vennen,' sprak hij vermoeid, 'is ook voor mij een tegenslag. De architect zou voor mij een huisje ontwerpen.'
'Voor u?'
De Cock knikte.
'Een beetje prematuur... voor na mijn pensionering. Ik had het plan om...'
De oude rechercheur stokte. De deur van de directiekamer gleed open en in de deuropening verscheen de imposante gestalte van Roderick van Borsele. Verward staarde hij van De Cock naar Vledder en terug.
'Wat... eh, wat doet u hier?'
De Cock wees voor zich uit.
'Wij brengen een bezoekje aan de heer Bathmen.'
'Waarom?'
De Cock glimlachte beminnelijk.
'De heer Bathmen heeft anderhalf jaar geleden contact gehad met architect Van der Vennen uit Wervershoof. Die architect is een paar dagen geleden vermoord.'
Roderick van Borsele kneep zijn wenkbrauwen samen.
'Onderzoekt u die moord?'

De Cock schudde zijn hoofd.
'Wij schenken bijna al onze aandacht aan het spoorloos verdwijnen van uw moeder.'
Roderick van Borsele schoof een stoel bij en ging daarop zitten.
'Hebt u al vorderingen gemaakt?'
De Cock knikte.
'We hebben ontdekt, dat uw moeder op de dag dat zij u in Amsterdam zou bezoeken, op het station Purmerend-Overwhere op de trein naar Enkhuizen is gestapt.'
Roderick van Borsele toonde verbazing.
'Op de trein naar Enkhuizen... was ze zo in de war?'
De Cock schudde zijn hoofd.
'Die indruk hadden we niet. We hebben een vrouw opgespoord, die tijdens die treinreis in de richting van Enkhuizen met uw moeder heeft gesproken. Volgens die vrouw maakte uw moeder een zeer montere indruk. Ze babbelde honderduit en vertelde, dat zij in Hoorn aan het station zou worden afgehaald... door haar zoon.'
Roderick van Borsele verbleekte.
'Rigobert,' stamelde hij. 'Rigobert heeft niet ver van Hoorn... in Nibbixwoud... al jaren een caravan staan... bij een boer op het erf.'

# 12

Ze vonden hun kleine Golf tussen de twee kolossale vrachtauto's van Bathmen & Van Borsele terug, stapten zwijgend in en reden van de parkeerplaats weg. Hun gezichten stonden somber.
Directeur Roderick van Borsele had hen in het kantoor tot aan de glazen tochtdeuren uitgeleide gedaan.
'Vraag maar aan mijn broer waar hij die caravan heeft staan,' was tot slot zijn advies. 'En als u moeder hebt gevonden, breng haar dan maar weer terug naar haar flatje in Purmerend. Ik heb na de inbraak alles weer in orde laten brengen.'
Daarbij had hij aan de oude rechercheur een ring met drie splinternieuwe sleutels gegeven. De Cock had de sleutels vriendelijk glimlachend aangenomen en het advies zwijgend aangehoord. Hij had niet gereageerd.
De grijze speurder was niet tevreden over het onderhoud. Hij had in het verhaal van Willem Bathmen geen lacunes kunnen ontdekken. Het relaas van de directeur over zijn connecties met de vermoorde architect Van der Vennen uit Wervershoof, klonk heel aannemelijk. Toch kon de grijze speurder een vreemd, knagend gevoel van onbehagen niet onderdrukken.
Ook de reactie van Roderick van Borsele beviel de oude rechercheur niet. Zoon Roderick ging er naar zijn mening te luchthartig van uit, dat zijn oude moeder nog leefde. Die overtuiging had De Cock niet. Hoe langer haar verdwijning duurde, hoe meer in hem de zekerheid groeide, dat haar iets was overkomen.
De vraag was... wat en door wie?
De oude rechercheur had met opzet het verdwijnen van Martijn Schuitema, de vriend van Rodericks moeder, niet te berde gebracht. Ook over de vreemde tekst op de spiegel in de badkamer van diens flatje had hij gezwegen.
De Cock zocht naar de beweegredenen van zijn eigen gedrag. Maar vond die niet. Zoals zo vaak bij onderzoeken, had hij zich laten leiden door zijn intuïtie... zijn scherp ontwikkeld gevoel om feiten en meningen op het juiste moment te lanceren. En wel op het moment waarop hij daarvan het grootste rendement kon verwachten. Het had hem in het verleden dikwijls succes gebracht.
Ze reden IJmuiden uit. Pas op de snelweg verbrak Vledder het

zwijgen. 'Wat doen we met Rigobert van Borsele?' vroeg hij met weinig overtuiging in zijn stem.
De Cock maakte een hulpeloos gebaar.
'Zonder verdere bewijzen kunnen we hem niet arresteren.' Hij grinnikte. 'En we mogen ook geen biechtkind van hem maken.'
Vledder keek hem niet-begrijpend aan.
'Wat is een biechtkind?'
De Cock maakte een grimas.
'Biechtkinderen. Zo werden de verdachten genoemd die op de middeleeuwse pijnbanken belandden om onder folteringen een verhoor te ondergaan.'
Vledder bromde.
'De tijd van de tortuur is voorbij.'
De Cock maakte een afwerend gebaar.
'In Nederland. Maar volgens Amnesty International worden bij politieverhoren in vele landen nog steeds folteringen toegepast.'
Vledder gebaarde voor zich uit.
'We kunnen Rigobert van Borsele toch gewoon vragen waar hij in Nibbixwoud zijn caravan heeft staan?'
De Cock glimlachte en schudde zijn hoofd.
'Dat lijkt mij geen juiste tactiek. Dan noemt Rigobert ons een verkeerd boerenerf en versleept intussen zijn oude moeder naar een ander onderduikadres. Daar is niemand mee gebaat.'
'Kunnen we dat niet voorkomen?'
'Wat?'
'Dat hij zijn moeder op een andere plek onderbrengt?'
De Cock plooide zijn lippen in een tuitje.
'Als we straks terug zijn aan de Kit, neem dan eens contact op met de huisarts in Nibbixwoud. De woongemeenschap is maar klein. Ik denk niet dat er meer dan één arts opereert.'
Vledder keek hem van terzijde aan.
'Wat wil je dan?'
De Cock zuchtte.
'Mevrouw Van Borsele is een ziek oud mens. Misschien heeft ze de laatste dagen dringend medische hulp nodig gehad. Als Rigobert zijn moeder heeft gegijzeld, dan zal hij er voor moeten zorgen, dat bij haar dood geen vragen worden gesteld. Ik heb je dat al eens eerder uitgelegd. Haar overlijden moet het gevolg zijn van een natuurlijke dood.'

Beide rechercheurs zwegen en verzonken in gepeins.
Toen ze vanaf de Gaasperdammerweg via de Bijlmer naar het centrum reden, begon het weer te sneeuwen. Grote natte vlokken kleefden tegen de voorruit totdat de zwiepende ruitewissers ze verjoeg. De Cock boog zich voorover en keek door de voorruit omhoog naar een grauwe hemel. 'Het is vreemd,' mompelde hij, 'zo gauw je Amsterdam nadert, voel je nattigheid.'
Vledder keek hem lachend aan.
'Hoe bedoel je dat?'
De oude rechercheur antwoordde niet.
Vledder parkeerde de Golf op de gladde houten steiger achter het bureau. Licht huiverend liepen ze naar de Warmoesstraat.
Toen ze de hal van het politiebureau binnenstapten, wenkte Jan Kusters De Cock met een kromme vinger.
De oude rechercheur liep met een grijns op zijn gezicht op de wachtcommandant toe.
'Hoe is het?' schertste hij. 'Krijg ik eindelijk een ridderorde?'
Jan Kusters lachte. Hij pakte een notitie van zijn bureau.
'Ik ben een goed uurtje geleden gebeld door Egbert Rutjes, een rechercheur van de politie in Purmerend. Hij vroeg eerst naar jou en toen ik hem zei dat jij er niet was, vroeg hij mij om aan jou te melden, dat vanmorgen ene Henri Antoine Maurice Scheepers bij hem aangifte heeft gedaan van het spoorloos verdwijnen van zijn dochter.'
De Cock keek hem verbijsterd aan.
'Zijn dochter?' vroeg hij toonloos.
Jan Kusters knikte.
'Mariska Scheepers.'

De Cock had moeie voeten.
Ze waren er ineens, zonder dreigende symptomen vooraf. Plotseling, als een zweepslag. Hij leunde achterover en legde zijn voeten op een hoek van zijn bureau. Met een van pijn vertrokken gezicht bevoelde hij zijn kuiten. Het was alsof geniepige kleine duiveltjes met duizend spelden in zijn kuiten prikten. Hij kende de pijn, die uit de holten van zijn voeten kwam, langs zijn hielen omhoog trok en zich vastzette in zijn kuiten.
Hij wist ook wat de pijn betekende. Telkens als de zaken slecht verliepen, als zijn onderzoeken dreigden te verzanden en hij het

machteloze gevoel had volkomen in het duister te tasten, gaven die helse duiveltjes acte de présence.
Vledder keek hem bezorgd aan.
'Is het weer zover?'
De Cock knikte en sloot zijn ogen. Enkele seconden bleef hij zo zitten, bewegingloos en geconcentreerd. Zijn markant gezicht leek een stalen masker. Om de pijn te verdrijven zette hij zijn tanden in zijn onderlip.
'Het gaat wel weer over,' sprak hij mat. 'Die pijn in mijn kuiten is nog wel te verdragen, maar de wetenschap, dat wij na het spoorloos verdwijnen van twee lieve oude mensen en een kind... en na dagen van intensief speuren... nog geen stap verder zijn gekomen, bezorgt mij een angstig gevoel.'
Vledder keek zijn oudere collega met een blik vol ongeloof aan.
'Denk je dat we er niet uit komen... dat hun verdwijnen een raadsel zal blijven?'
De Cock keek hem aan.
'Dat kan toch?' antwoordde hij benepen. 'Hoeveel mensen verdwijnen er niet jaarlijks zonder dat ooit een spoor van hen wordt teruggevonden? Men zou er een aardig dorp mee kunnen bevolken.'
Vledder schudde zijn hoofd.
'We hebben nog nooit een zaak laten zakken. Zolang wij samen zijn... en dat is toch al heel wat jaartjes... is het ons steeds gelukt om alle raadsels te ontsluieren.
Waarom zou het ons dit keer niet lukken?'
Op het van pijn vertrokken gezicht van De Cock brak een glimlach door. Hij trok zijn schouders op.
'Misschien is het bijgeloof?'
'Wat?'
'Dat mijn moeie voeten iets met de stand van ons onderzoek te maken hebben.'
'Vast.'
De Cock tilde zijn benen van zijn bureau. De prikkeling in zijn kuiten trok langzaam weg.
'Bel Egbert Rutjes in Purmerend. Vraag hem om bijzonderheden over het spoorloos verdwijnen van Mariska Scheepers... wanneer zij het laatst is gezien... waar en door wie... wat ze droeg... of ze van huis kleding en bagage heeft meegenomen.'
De oude rechercheur zweeg even. Peinzend.

'En adviseer hem dringend om de verdwijning van Mariska Scheepers in verband te brengen met het verdwijnen van Martijn Schuitema.'
Vledder keek hem verrast aan.
'Zie jij een samenhang?'
De Cock knikte nadrukkelijk.
'Die samenhang is er,' antwoordde hij gedragen. 'Je moet hun spoorloos verdwijnen zien tegen het decor van het verdwijnen van de oude mevrouw Van Borsele.'
Vledder keek hem niet-begrijpend aan.
'Hoe?'
De Cock gebaarde voor zich uit.
'Zowel Martijn Schuitema als Mariska Scheepers hadden een innige relatie met de oude mevrouw Van Borsele. Martijn Schuitema was verliefd op haar, wilde met haar trouwen, en Mariska Scheepers was zo aan haar gehecht, dat een leven zonder haar oma voor haar ondraaglijk leek.'
Vledder knikte met een ernstig gezicht.
'Je hebt gelijk,' stemde hij in. 'Als oma doodgaat, zei ze tegen mij, dan hoeft het voor mij ook niet meer.' Geschrokken door een plotselinge gedachte, keek de jonge rechercheur op. 'Ze zullen beiden toch geen zelfmoord hebben gepleegd?'
De Cock trok een denkrimpel in zijn voorhoofd.
'Daarom wil ik nadere bijzonderheden weten over het verdwijnen van Mariska Scheepers. In de adolescentie komen zelfmoorden frequent voor. Martijn Schuitema was keurig gekleed... alsof hij op weg was naar een feestelijke gelegenheid. Dat duidt niet op zelfmoordplannen.'
Beiden zwegen. Na een poosje keek Vledder de grijze speurder verward aan.
'Als... als,' stotterde hij, 'Rigobert van Borsele de hand heeft in de verdwijning van zijn moeder... wie heeft er dan de hand in de verdwijning van Martijn Schuitema en Mariska Scheepers?'
De Cock keek naar zijn jonge collega op. In zijn ogen glansde bewondering.
'Een goede vraag,' sprak hij ernstig. 'Maar het antwoord heb ik niet. Sinds het verdwijnen van Martijn Schuitema heb ik al het gevoel, dat...' De oude rechercheur stokte. Er werd op de deur van de recherchekamer geklopt en Vledder riep: 'Binnen.'

De deur werd ruw opengesmeten en in de deuropening verscheen de gestalte van een kleine tengere vrouw met lang zwart golvend haar. Dreunend stapte ze op De Cock toe.
'Is ze al boven water?'
De oude rechercheur antwoordde niet. Hij stond op en wees naar de stoel naast zijn bureau.
'Gaat u zitten, mevrouw Scheepers,' sprak hij vriendelijk. 'Ik heb gehoord dat Mariska, uw dochter, is verdwenen.'
Rolandina Scheepers schudde haar hoofd.
'Mariska,' verbeterde ze, 'is niet verdwenen. Ze is gewoon van huis weggelopen. En dat is in mijn ogen iets heel anders.'
De Cock gebaarde in haar richting.
'Uw man heeft in Purmerend van haar vermissing aangifte gedaan.'
Rolandina Scheepers gromde.
'Dat moet hij weten,' sprak ze snibbig. 'Voor mij hoefde dat niet.'
De Cock keek haar schuins aan.
'U denkt dat ze na een paar dagen gewoon weer opduikt? Dag ma, hier ben ik weer?'
Rolandina Scheepers knikte.
'Het is een bevlieging,' antwoordde ze gelaten. 'Meer niet. Er is de laatste maanden geen huis met haar te houden.'
De Cock keek haar onderzoekend aan.
'Was er een ruzie? Ik bedoel, heeft Mariska na een meningsverschil... een felle woordenwisseling, het huis verlaten?'
Rolandina Scheepers schudde haar hoofd.
'Er was geen ruzie. Ik ontloop haar zo veel mogelijk. En zij mij.'
'Sinds wanneer is ze weg?'
'Sinds gisteremorgen. Ze is gewoon op tijd naar school gegaan. Half negen.'
'Hoe?'
'Op de fiets.'
'Heeft ze iets extra's meegenomen?'
'Wat bedoelt u?'
'Kleding, bagage, proviand?'
Rolandina maakte een weifelend gebaar.
'Gewoon... net als anders.'
'Met schooltas?'
'Die had ze thuisgelaten.'
'Is ze op school aangekomen?'

Rolandina Scheepers zuchtte.
'Mijn man is ongeruster dan ik. Toen Mariska 's nachts van huis wegbleef, is hij de volgende morgen op school gaan informeren. Ze was daar niet aangekomen. Het bleek toen, dat Mariska de laatste tijd wel vaker van school wegbleef.'
'En dat is u nooit gemeld?'
Rolandina Scheepers snoof.
'Daar hebben ze op de scholen van tegenwoordig geen tijd meer voor.'
De Cock knikte begrijpend.
'Wat droeg ze?'
'Een verschoten blauwe spijkerbroek en een groen jack met GIANTS in grote witte geblokte letters. In dat jack kon je haar uittekenen.'
'Heeft ze een vriend?'
Rolandina Scheepers grinnikte.
'Ik heb haar naar mijn huisarts gestuurd voor de pil. En verder zoekt ze het maar uit.'
De Cock keek haar strak aan.
'Heeft ze een vriend?' herhaalde hij.
Rolandina Scheepers trok haar schouders op.
'Weet ik veel. Tegenwoordig liggen die meiden met dertien jaar al op hun rug.'
De Cock pauzeerde even om zijn gevoelens te ordenen. De houding van Rolandina Scheepers wekte weerzin in hem op. Verachting. De oude rechercheur boog zich iets naar haar toe.
'Waarom komt u naar mij?' vroeg hij. 'Het verdwijnen van uw dochter Mariska is toch een zaak van de politie in Purmerend?'
Rolandina Scheepers gebaarde heftig.
'Is ze al boven water?'
'Wie?'
Op het gezicht van Rolandina Scheepers verscheen een valse grijns.
'Mijn moeder,' snauwde ze. 'Marrigje Catharina Stoffels, echtgenote van Hendrik van Borsele.'
Haar stem droop van sarcasme.
De Cock wreef met duim en wijsvinger in zijn ooghoeken. Het was een vermoeid gebaar.
'Ik heb nog geen spoor van uw moeder kunnen ontdekken,' antwoordde hij traag.

'Bent u bij Neel geweest? Daar gaat ze altijd heen als ze in de problemen zit.'
De Cock schudde zijn hoofd.
'Haar vriendin Neel woont in Amersfoort en in die richting is ze niet vertrokken.'
Rolandina Scheepers keek hem nadenkend aan.
'In welke richting is ze dan vertrokken?'
De Cock plukte aan het puntje van zijn neus. Onderwijl lette hij scherp op haar reacties.
'Hoorn,' antwoordde hij strak.
De onderlip van Rolandina Scheepers trilde.
'Hoorn?' herhaalde ze mat.
De Cock knikte.
'Kent u iemand uit die omgeving?'
Rolandina Scheepers schudde haar hoofd.
'Heeft ze daar in de buurt iets gekocht?'
De Cock fronste zijn wenkbrauwen.
'Iets gekocht... hoe bedoelt u dat?'
Rolandina Scheepers zwaaide met haar beide armen.
'Een huis, een villa. Ze heeft altijd gezegd, dat ze nog eens iets voor zichzelf wilde kopen.' Ze keek met een grijns naar hem op. 'Weet u, dat die vriend van haar, die Martijn Schuitema, ook weg is?'
De Cock knikte traag.
'Dat weet ik.'
'Vindt u dat niet vreemd?'
'Hoe bedoelt u... vreemd?'
Rolandina Scheepers glimlachte met een scheve mond.
'Werken jullie politiehersenen niet zo snel?' Ze grijnsde opnieuw. 'Weet u waar u mijn dochter Mariska kan vinden... precies... net als die Martijn Schuitema... bij haar.'

# 13

Toen Rolandina Scheepers met een hautain lachje om haar mond uit de grote recherchekamer was vertrokken, keek Vledder zijn oudere collega verschrikt aan.
'Aan die mogelijkheid hebben wij nog niet gedacht,' sprak hij somber.
'Welke mogelijkheid?'
Vledder zwaaide. 'Dat de oude mevrouw Van Borsele ergens een huis heeft gekocht en nu bezig is om daarin de mensen die haar dierbaar zijn, te verzamelen.'
De Cock glimlachte.
'Het zou een aardige stunt zijn van de oude mevrouw. Een stiekeme leefgemeenschap van mensen, die als vermist te boek staan.'
Vledder trok zijn hoofd tussen zijn schouders.
'Onmogelijk?'
De Cock schudde zijn hoofd.
'Zeker niet. Als men financieel onafhankelijk is, kan men zich gemakkelijk groepsgewijs aan het maatschappelijk verkeer onttrekken. Daarvan kent het verleden voorbeelden genoeg.'
Vledder lachte schamper.
'Zou dat die vreemde spoorloze verdwijningen kunnen verklaren? Vandaag of morgen voegt de oude mevrouw Van Borsele een nieuw lid aan haar leefgemeenschap toe... een nieuwe verdwijning en voor ons weer een telexbericht met opsporing verzocht.'
De Cock schudde zijn hoofd.
'Ik geloof er niet in... in dit geval niet.'
'Waarom niet?'
'Oudere mensen hechten zich aan voorwerpen die voor hen een sentimentele waarde hebben. Daar doen ze niet vrijwillig afstand van. Uit niets blijkt, dat men dergelijke voorwerpen heeft verzameld. Mevrouw Van Borsele nam alleen haar kat mee. Martijn Schuitema liet zelfs zijn geliefde parkietje thuis.'
Vledder kneep zijn lippen op elkaar.
'Hoewel ik die Rolandina Scheepers een verschrikkelijk mens blijf vinden, voel ik toch wel wat voor haar theorie,' riep hij opstandig. 'Waarom nam haar vriend zijn parkiet niet mee? Simpel, omdat hij wist dat mevrouw Van Borsele haar zwarte kater had meegenomen.'

De Cock trok een bedenkelijk gezicht.
'En dat deed Martijn Schuitema zonder voor zijn nichtje Evelien van Ursum een briefje achter te laten met het vriendelijk verzoek om in het vervolg voor zijn parkietje te zorgen?' De grijze speurder schudde zijn hoofd en in zijn stem trilde ongeloof. 'Dat doen oude mensen niet.'
Vledder snoof. 'Zijn oude mensen beter dan jonge?'
De Cock antwoordde niet en er viel een korte stilte.
Vledder ademde diep.
'Die samenhang die jij opperde, sprak mij wel aan. Ik ben er ook van overtuigd geraakt, dat er een relatie moet bestaan tussen het verdwijnen van de oude mevrouw Van Borsele, van Martijn Schuitema en Mariska Scheepers. Ik begrijp alleen nog niet hoe.'
De Cock wreef zich achter in zijn nek.
'Ik heb mij suf gepiekerd of mogelijk de volgorde enig licht op de verdwijningen kon werpen.'
Vledder keek hem peinzend aan.
'Je bedoelt... eerst de oude mevrouw Van Borsele, dan haar vriend Martijn Schuitema en vervolgens de jonge Mariska Scheepers?'
De Cock knikte.
'Als men van de volgorde uitgaat,' sprak hij zacht, nadenkend, 'dan zouden de verdwijningen van Martijn Schuitema en de jeugdige Mariska Scheepers een min of meer logisch uitvloeisel zijn van het verdwijnen van de oude mevrouw Van Borsele.'
Vledder spreidde zijn handen.
'Wat is een min-of-meer-logisch-uitvloeisel?'
De Cock boog zijn hoofd.
'Ik probeer mijn gedachten te formuleren,' antwoordde hij afwerend. 'Ik ben op zoek naar een motivering... een zinvol antwoord op de vraag van het waarom van de volgorde.'
Vledder keek naar hem op.
'Als we ervan uitgaan,' reageerde hij kalm, 'dat het initiatief van de verdwijningen bij de oude mevrouw Van Borsele ligt... zoals Rolandina Scheepers vanavond suggereerde... dan is er wel degelijk sprake van een logisch uitvloeisel.'
De Cock grinnikte.
'Een logisch uitvloeisel,' sprak hij schamper, 'de oude zieke mevrouw Van Borsele wil de laatste dagen van haar leven niet in eenzaamheid slijten... bedoel je dat?'

'Precies.'
De Cock grijnsde.
'En na haar overlijden komen Martijn Schuitema en Mariska Scheepers gewoon weer tevoorschijn en vertellen met tranen in hun ogen, dat zij aan het sterfbed van de oude mevrouw Van Borsele hebben gestaan.'
Vledder negeerde het cynisme en glimlachte.
'Zo eenvoudig is het.'
De Cock woelde met de vingers van zijn beide handen door zijn grijze haren. De theorie zinde hem niet. De oude mevrouw Van Borsele had, zo meende hij, Martijn Schuitema en haar nichtje Mariska ook in haar flatje in Purmerend aan zich kunnen binden. De oude rechercheur schudde mistroostig zijn hoofd.
'Ik heb nog nooit,' verzuchtte hij, 'zo'n bizarre zaak onder handen gehad. En als het geluk niet keert, vrees ik dat dit de eerste keer wordt, dat...'
Vledder onderbrak hem heftig.
'Daar geloof ik niet in... daar wil ik niet in geloven. Jij hebt in je lange rechercheleven al zoveel bekokstoofd met ceeooceekaa, dat je ook nu wel weer een oplossing zult vinden.'
De Cock keek hem dankbaar aan. Het vertrouwen van zijn jonge collega bemoedigde hem.
'Ik zal mijn best doen,' sprak hij glimlachend.
Voor zich op zijn bureau rinkelde de telefoon. Vledder boog zich naar voren, nam de hoorn op en meldde zich. Na ruim een halve minuut te hebben geluisterd, zei hij: 'Bedankt', en legde de hoorn op het toestel terug.
De Cock keek hem gespannen aan.
'Wie was dat?'
'Egbert Rutjes.'
'En?'
'Hij heeft de fiets van Mariska Scheepers gevonden.'
'Waar?'
'Op slot... in Purmerend... bij het station Purmerend-Overwhere.'

De Cock beet op zijn onderlip.
'Richting Hoorn?'
Vledder knikte traag.
'Daar lijkt het op. Egbert Rutjes zal proberen of hij dat nog kan

achterhalen, maar hij is bang dat op het station Purmerend-Overwhere niemand zich Mariska Scheepers zal herinneren. De huidige tieners lijken wat hun kleding betreft precies op elkaar... een verschoten spijkerbroek en een jack.'
'Met GIANTS in witte geblokte letters.'
Vledder keek hem argwanend aan.
'Ik... eh, ik ga geen treinreisjes meer maken richting Enkhuizen,' sprak hij hoofdschuddend. 'Daar heb ik mijn buik vol van.'
De Cock glimlachte.
'Dat zal ik ook niet van je verlangen,' reageerde hij kalm. 'Het heeft geen zin. Een oude dame met haar kat in een rieten mandje, in de trein van kwart voor zeven, gaf mogelijkheden voor succes. Van een dergelijke aanpak voor een tiener met GIANTS op haar jack en op een onbekend tijdstip, verwacht ik niets.'
De oude rechercheur krabde zich in zijn nek.
'Het zou overigens interessant zijn om te weten of ook Martijn Schuitema op het station Purmerend-Overwhere in de trein is gestapt.'
'Richting Hoorn?'
'Exact.'
Vledder knikte nadrukkelijk.
'Daar ben ik van overtuigd.'
'Een spontane opwelling?'
Vledder schudde zijn hoofd.
'Weloverwogen.'
De Cock boog zich naar voren.
'Wie gaf hen dan instructies? Ik bedoel, wie fluisterde Martijn Schuitema en Mariska Scheepers in het oor, dat zij op het station Purmerend-Overwhere de trein naar Hoorn moesten nemen?'
'Dat is niet moeilijk,' grijnsde Vledder. 'De man of de vrouw die hen in Hoorn opwachtte.'
De Cock gebaarde voor zich uit.
'Rigobert?'
Vledder trok een grimas.
'De oude mevrouw Van Borsele?'
De Cock trok zijn kin iets omhoog. Zijn markant gezicht werd een strak masker.
*'De oude mevrouw Van Borsele is dood.'*
Vledder keek hem verward aan.

'Hoe kom je daarbij?' riep hij verrast. 'Heb jij haar lijk gezien?'
De Cock schudde zijn hoofd.
'Dat hoeft niet,' antwoordde hij gelaten. 'Men kan de zekerheid hebben dat iemand is overleden, zonder zijn lijk te hebben gezien.'
Vledder snoof.
'Die zekerheid heb jij?'
In zijn stem trilde ongeloof.
De Cock klopte met de toppen van zijn vingers een paar maal tegen zijn borst.
'Als ik hier van binnen niet de zekerheid had, dat de oude mevrouw Van Borsele iets was overkomen, dan had ik dit onderzoek al lang gestaakt.'
'Gestaakt?'
De Cock knikte.
'Ik ga toch niet voor joker achter een oude vrouw aan hollen, die spelletjes speelt met mensen... zoals Rolandina Scheepers ons wil doen geloven?'
Vledder boog beschaamd zijn hoofd.
'Ik geloof daar ook in,' antwoordde hij zacht. 'Het is, mijns inziens, de enige verklaring voor het verdwijnen van die drie.'
De Cock keek naar hem op.
'Heb je die huisarts in Nibbixwoud al gebeld?'
'Ja.'
'En?'
Vledder schudde zijn hoofd.
'Het leverde niets op,' antwoordde hij triest. 'De arts kende geen oude dame van de beschrijving die ik hem gaf. En de naam Van Borsele zei hem niets.'
De jonge rechercheur maakte een moedeloos gebaar.
'Zullen we zelf naar Nibbixwoud gaan?' opperde hij. 'Het aantal boeren met caravans op hun erf zal toch niet zo groot zijn.'
De Cock keek op de grote klok boven de toegangsdeur van de grote recherchekamer.
'Daar is het nu te laat voor. Als we daar aankomen is het donker. We kunnen veel beter morgenochtend een truc uithalen.'
'Een truc?'
De Cock knikte.
'We gaan morgen met onze Golf naar Nibbixwoud en bellen vandaar Rigobert van Borsele met de vraag waar hij zijn caravan heeft staan.'

Vledder trok zijn wenkbrauwen samen.
'En doen voorkomen of wij vanuit het politiebureau aan de Warmoesstraat bellen?'
De Cock knikte instemmend.
'En als Rigobert van Borsele ons een verkeerd erf opgeeft, dan hebben we genoeg tijd om dat ter plekke te verifiëren voor hij eventueel vanuit Amsterdam naar Nibbixwoud komt om zijn gegijzelde moeder ergens anders onder te brengen.'
De ogen van Vledder begonnen te glinsteren.
'Als hij ons een verkeerd erf opgeeft,' sprak hij enthousiast, 'dan is dat toch een bewijs dat hij iets voor ons heeft te verbergen.'
De Cock plukte aan zijn onderlip.
'Zijn oude moeder?'
In de stem van de grijze speurder vibreerde de twijfel.

De deur van de grote recherchekamer werd zonder kloppen opengedaan. In de deuropening stond een vrouw. De Cock herkende haar onmiddellijk. Hij stond van zijn stoel op en liep op haar toe.
'Mevrouw Van der Vennen.' Hij keek op de klok boven de deur. 'Zo laat nog in Amsterdam?'
De oude rechercheur leidde haar naar de stoel naast zijn bureau.
'U... eh, u had al op uw bed moeten liggen.'
Mevrouw Van der Vennen keek naar hem op.
'U ligt toch ook niet op uw bed?' riep ze verongelijkt.
De Cock ging glimlachend zitten.
'Sommige rechercheurs kunnen pas van hun nachtrust genieten, als de zaak die zij onder handen hebben, is opgelost.'
'Zo'n rechercheur bent u?'
De Cock maakte een afwerend gebaar.
'Ik heb per dag wel een paar uur slaap nodig.' De grijze speurder keek haar scherp onderzoekend aan. 'U ook,' sprak hij ernstig. 'En ik heb het vermoeden, dat u zich daaraan niet stoort.'
Mevrouw Van der Vennen schudde haar hoofd.
'Het wil niet,' verzuchtte ze. 'Ik kan de dood van Bobbejaan niet verwerken. Ik ben zelfs nog niet aan een rouwproces toe. Ik heb geen echt verdriet. Ik zit alleen vol opgekropte haat jegens de man of vrouw die mijn man uit mijn leven heeft weggerukt. Daar ben ik dag en nacht mee bezig. Ik word overspoeld... verteerd door gevoelens van wraak en vergelding.'

De Cock kauwde op zijn onderlip.
'Ik was als jochie een opvliegend kereltje... gauw klaar met mijn vuisten, of ik sloeg er met mijn klomp op los. Mijn oude moeder had dan altijd een paar bijbelteksten bij de hand. "Gij zult niet wraakzuchtig of haatdragend zijn," riep ze dan bestraffend. En als ik mij opstandig verweerde en mij er op beriep, dat ik uit gevoelens van rechtvaardigheid had gehandeld, dan zei ze: "Mij komt de wrake, spreekt de Heere." '
Mevrouw Van der Vennen trok een nors gezicht.
'De wraak van de Heer is mij niet goed genoeg... en duurt mij te lang.'
De Cock schudde afkeurend zijn hoofd en liet het onderwerp rusten.
'Bent u toevallig in Amsterdam?' vroeg hij voorzichtig.
'Nee.'
De Cock keek haar schattend aan.
'U bent vanavond uit Wervershoof gekomen alleen om mij te bezoeken?'
Mevrouw Van der Vennen knikte.
'Met de auto. Ik heb hem in de binnenstad geparkeerd, en als ze hem stelen, dan reken ik erop dat u mij thuisbrengt.'
De Cock glimlachte.
'Die belofte doe ik.'
Mevrouw Van der Vennen knipte het lederen tasje op haar schoot open.
'Ik ben nu al dagen de administratie van mijn man aan het uitspitten. Ik leef nog steeds met het idee, dat ik zelf de raadsels rond zijn dood kan oplossen. Tot mijn stomme verbazing vond ik tussen zijn papieren een aanslagbiljet onroerend-goedbelasting van de gemeente Medemblik.'
De Cock keek haar verrast aan.
'U woont toch in Wervershoof?'
Mevrouw Van der Vennen knikte.
'Mijn man en ik hebben niets in Medemblik.' Haar mond gleed halfopen. 'Toch had mijn man die belastingaanslag betaald.'
De Cock gebaarde in haar richting.
'Voor welk onroerend goed in Medemblik was die belasting dan opgelegd?'
'Een woonhuis in het uitbreidingsplan Radboud.'
De Cock fronste zijn wenkbrauwen.

'En dat bezit u niet?'
Mevrouw Van der Vennen schudde haar hoofd.
'Niet dat ik weet. Bobbejaan heeft met mij nooit over een woonhuis in het plan Radboud gesproken. Vanmorgen ben ik met die aanslag van de onroerend-goedbelasting naar het stadhuis in Medemblik gegaan. Daar werd mij gezegd, dat het huis wel degelijk op naam van mijn man stond.'
De Cock keek haar gespannen aan.
'En toen?'
'Ik ben dat woonhuis in het uitbreidingsplan Radboud in Medemblik gaan opzoeken. Het bleek een kapitale villa met witgeglazuurde gevelstenen... onmiskenbaar de zwierige bouwstijl van mijn man.'
'Was de villa bewoond?'
Mevrouw Van der Vennen sloot even haar ogen.
'Ik heb gebeld... een paar maal. Niemand reageerde. Ik kon ook niet horen of er binnen inderdaad een bel overging. Daarna heb ik geprobeerd om via de ramen naar binnen te gluren, maar ik kon niets zien. De gordijnen waren dicht.'
Ze zweeg even. Zonder iets te hebben laten zien, knipte ze met trillende vingers haar handtasje weer dicht.
'Ik heb meer dan een half uur naar de hoofdingang staan kijken,' lispelde ze.
'Waarom?'
Mevrouw Van der Vennen sloot opnieuw haar ogen. Haar boezem gleed op en neer.
'Naast de deur,' sprak ze zacht, 'was een grote koperen naamplaat met zwarte verzonken letters... Bobbejaan Van der Vennen, stond er... architect.'

# 14

Met mevrouw Van der Vennen in hun midden verlieten de beide rechercheurs het bureau Warmoesstraat. Ondanks het kille winderige weer was het druk op straat. Prostitutie kent geen jaargetijden, geen malaise. Ze wurmden zich door de voortschuifelende menigte in de richting van het hotel Krasnapolsky.
De Cock blikte opzij.
'Staat daar uw wagen?'
Mevrouw Van der Vennen knikte.
'Ik vond gelukkig aan de rechterkant nog een plekje waar ik hem kwijt kon. Ik hoop dat hij daar nog staat... onbeschadigd.'
'Wat is het voor een auto?'
'Een zilverkleurige Mitsubishi Galant.'
De Cock wipte op zijn tenen. Toen hij de zilverkleurige wagen verderop in het oog kreeg, bleef hij staan en wendde zich tot Vledder.
'Ga terug,' gebood hij vriendelijk, 'naar de steiger achter het bureau en pak onze Golf. Ik stap bij mevrouw Van der Vennen in de auto. Wij komen naar je toe en jij volgt ons vanaf de Oudebrugsteeg.'
Vledder keek hem verwonderd aan.
'Wat wil je dan?'
'Naar Medemblik.'
Vledder keek op zijn horloge.
'Nu nog?'
De Cock knikte nadrukkelijk.
'Ik wil die villa zien.'
Vledder trok zijn neus iets op.
'Je bedoelt die onmogelijke villa,' vroeg hij schamper, 'waarvan mevrouw Van der Vennen sprak... met de naam van haar man op een koperen naambord?'
De Cock trok zijn gezicht strak.
'Ik wil die villa van binnen bekijken. Daar moet iets mee aan de hand zijn.'
'Waarom... een villa is een villa... welke plaat er ook naast de deur hangt.'
De grijze speurder antwoordde niet.
Mevrouw Van der Vennen mengde zich in het gesprek.

'We kunnen er niet in,' sprak ze opgewonden. 'Ik heb geen sleutels.'
De Cock schonk haar een geheimzinnig lachje.
'Dat is geen probleem.'
Vledder keek zijn oude collega even aan in de stille hoop dat hij van gedachten zou veranderen. Toen hij besefte dat daarop geen kans was, draaide hij zich om en sjokte met zichtbare tegenzin naar de steiger achter het bureau.'
Mevrouw Van der Vennen en De Cock liepen verder. De vrouw van de vermoorde architect opende het portier van haar Mitsubishi Galant en nam achter het stuur plaats. De Cock schoof naast haar.

Mevrouw Van der Vennen bestuurde haar fraaie wagen met vaste hand. De Cock nestelde zijn rug in de stoelleuning. Van terzijde bezag de oude rechercheur de scherpe lijnen van haar gezicht... de opgeheven kin, de smalle lippen en de neerhangende mondhoeken. Het profiel, stelde hij vast, van een vrouw op middelbare leeftijd, door het leven gelouterd en gedreven door een onbreekbare wil. Ze staarde strak voor zich op de weg... toonde weinig animo voor een conversatie.
Na het knooppunt Zaandam werd het aardedonker op de snelweg A7. Gejaagd door een felle wind joegen donkere wolken langs de hemel. Zo nu en dan brak de maan even door en toverde zilveren stroken in het landschap. Nabij Hoorn nam de wind nog toe.
De Cock gebaarde voor zich uit.
'Stormt het altijd in West-Friesland?'
Mevrouw Van der Vennen negeerde zijn opmerking. De situatie, zo meende zij, leende zich niet voor een onschuldig babbeltje over het weer.
'Bobbejaan,' sprak ze zacht, 'bewaarde alle tekeningen van zijn ontwerpen. Hij had daarvoor een speciale kast met laden. Hij gebruikte ook wel oude ontwerpen om daar nieuwe varianten aan toe te voegen.'
Ze reed enige honderden meters zwijgend verder.
'Ik heb alles overhoopgehaald. De tekeningen van die villa in het uitbreidingsplan Radboudpark in Medemblik waren er niet bij.'
De Cock fronste zijn wenkbrauwen.
'Die moeten er toch zijn geweest?'
Mevrouw Van der Vennen knikte instemmend.
'Absoluut. Anders was er geen bouwvergunning voor de villa ver-

leend. Bobbejaan moet die tekeningen daarna hebben vernietigd of laten vernietigen. Ik begrijp dat niet... vraag mij af... waarom?'
De Cock draaide zich half naar haar toe.
'Is het mogelijk om een bouwvergunning op naam van een ander aan te vragen?'
'Hoe bedoelt u dat?'
'Is het denkbaar, dat een opdrachtgever... een man of een vrouw, die een villa wenst... aan uw man verzoekt om op zijn eigen naam... de naam van de architect... een bouwvergunning aan te vragen?'
Mevrouw Van der Vennen trok haar schouders op.
'Het is heel ongebruikelijk. Waarom zou men dat doen? Ik zie er het nut niet van in.'
De Cock spreidde zijn handen.
'Is het onmogelijk?'
Mevrouw Van der Vennen maakte een hulpeloos gebaar.
'Dat weet ik niet,' sprak ze onzeker. 'Ik heb wel ontdekt dat ook de grond van de villa, ruim duizend vierkante meter, op naam van mijn man staat.'
De Cock trok een denkrimpel in zijn voorhoofd.
'De overdracht van de grond geschiedt toch bij een notaris?'
Mevrouw Van der Vennen knikte.
'Dat moet volgens de wet.'
'En de notaris verlangt voor de overdracht deugdelijke legitimatiebewijzen.'
'Inderdaad.'
'Die moet uw man hebben getoond.'
'Zeker.'
De Cock strekte zijn rechterhand naar haar uit.
'Heeft uw man nooit met u over de grond en de villa gesproken?'
Mevrouw Van der Vennen schudde haar hoofd.
'Onbegrijpelijk.'
De Cock ademde diep.
'Ik vermoed,' verzuchtte hij, 'dat uw man zich bewust in een wespennest heeft gestoken.'
Mevrouw Van der Vennen kneep haar dunne lippen samen.
'Bobbejaan,' reageerde ze fel, 'moet zich door edele motieven hebben laten leiden... een andere mogelijkheid is er niet.'
'Toch was hij jegens u niet openhartig.'

'Daarvoor zal hij zijn reden hebben gehad.'
De Cock glimlachte.
'Het beeld van uw man blijft onbeschadigd?'
'Absoluut.'
Bij de afslag Medemblik verlieten ze de snelweg. De Cock keek of Vledder nog volgde. Tot zijn geruststelling draaiden de koplampen van de Golf met de afslag mee.
Ze reden verder over een smalle tweebaansweg met rechts weilanden en links een dijk.
De Cock drukte zich iets omhoog.
'Kunt u het vinden in het donker?'
Mevrouw Van der Vennen knikte.
'Ik ben in deze streek geboren en getogen. Een echte Westfriezin. Ik heb voor mijn huwelijk met Bobbejaan in het centrum van Medemblik gewoond. De villa ligt niet ver van de nieuwe begraafplaats Zorgvliet.'
De Cock keek haar van terzijde aan.
'Bobbejaan van der Vennen,' sprak hij strak, maar niet onvriendelijk, 'begaafd architect... over de doden niets dan goeds.'
Mevrouw Van der Vennen staarde door de voorruit. Haar mond bleef gesloten.
Na een tocht door stille en verlaten straten draaide mevrouw Van der Vennen de auto een smal pad op en bracht de wagen tot stilstand. Vledder stopte met zijn Golf achter hen.
De maan brak even door en scheen luttele seconden zacht glanzend op een fraai ogende witte villa met een dak van zwarte, geglazuurde pannen.
Mevrouw Van der Vennen strekte haar handen voor zich uit... de handpalmen omhoog. Het was een devoot gebaar.
'De stijl van mijn Bobbejaan.'
Haar stem trilde en haar ogen glansden.
Een donkere wolk schoof voor de maan en drukte de betovering weg.
Ze stapten uit en Vledder voegde zich bij hen. Behoedzaam liepen ze op de toegangsdeur toe. Het grove grind knarste onder hun voeten.
De Cock bekeek de zware koperen naamplaat. Hij wendde zich tot Vledder.
'Als ons onderzoek hier vanavond niets oplevert, probeer dan uit te vinden wie de opdracht heeft gegeven om deze plaat te maken.'

Mevrouw Van der Vennen keek naar hem op.
'Dat was mijn man. Ik heb de rekening voor deze plaat in zijn administratie gevonden.'
De Cock vroeg niet verder. Hij diepte vanuit zijn broekzak het apparaatje op, dat hij eens, lang geleden, van zijn vriend en ex-inbreker Handige Henkie had gekregen toen die besloot om voortaan het smalle pad der deugd te volgen. Het was een koperen houdertje met uitschuifbaar een keur van sleutelbaarden.
De Cock bekeek het slot en koos met kennersblik de juiste sleutelbaard.
Vledder tikte op zijn rug.
'Zou je niet eerst bellen?' vroeg hij afkeurend.
De Cock draaide zich half om.
'Wij hebben zojuist van mevrouw Van der Vennen het verzoek gekregen om haar behulpzaam te zijn om toegang tot haar eigen woning te verkrijgen.' Het klonk wat spottend. Hij keek schuins hoofdknikkend naar de vrouw.
'Dat is toch zo?'
Mevrouw Van der Vennen bromde.
'Dit is mijn woning niet,' reageerde ze verbeten.
De Cock veinsde ongeloof.
'De naam van uw man staat naast de deur.'
Mevrouw Van der Vennen gromde kwaadaardig.
'Het is bedrog,' siste ze. 'Puur bedrog.'
De Cock stoorde zich niet aan haar kreet. In enkele seconden had hij de toegangsdeur van het slot en drukte die langzaam open. Voorzichtig, op zijn hoede voor elk gevaar, stapte hij de hal binnen.
Vledder en mevrouw Van der Vennen volgden, botsten in het donker tegen zijn rug.
De Cock liet het licht van zijn zaklantaarn dwalen en begon een speurtocht door de villa. Tot zijn verbazing hingen er wel zware pluchen gordijnen voor de ramen, maar waren de vertrekken verder niet gemeubileerd. Er was zelfs geen bed. Alleen in de keuken stond een tafel met vier stoelen.
De Cock bleef bij de tafel staan. Mevrouw Van der Vennen schoof naar hem toe.
'De villa,' fluisterde ze, 'is niet bewoond.'
Bij de keukendeur gleed haar hand tastend langs de muur naar de

schakelaar voor het licht. Toen het aanfloepte, knipperde ze met haar ogen.
De Cock keek haar bestraffend aan.
'Heb ik u gevraagd om het licht aan te doen?' vroeg hij streng.
'De villa is niet bewoond,' herhaalde ze luider. 'Het heeft geen zin om langer in het donker rond te scharrelen.'
De Cock bleef wijdbeens staan. Langzaam bewoog hij zijn hoofd van links naar rechts. Zijn scherp gehoor had een zacht geluid opgevangen. Ergens in de villa klonk het gezoem van een generator.
De Cock bracht zijn beide wijsvingers omhoog en hield die bij zijn oren. 'Doe het licht weer uit,' gebood hij dwingend. 'Luister.'
Mevrouw Van der Vennen draaide zich onwillig om en deed het licht uit.
De Cock bleef nog enige tijd staan om de richting van het geluid te bepalen. Toen hij meende te weten vanwaar het kwam, verliet de oude rechercheur de keuken.
Vledder en mevrouw Van der Vennen volgden in zijn kielzog.
Hij liep terug naar de hal en luisterde opnieuw. In de brede gang naar de inpandige garage was het zachte zoemen heel goed waarneembaar. Het leek op het geluid van een vliegtuig dat van heel ver aanvloog.
Voor de garagedeur ontdekte De Cock in de vloer van de gang een groot vierkant luik. Het was aanmerkelijk groter dan gebruikelijk voor de toegang tot een kruipruimte van een huis.
De oude rechercheur liet het licht van zijn zaklantaarn langs de randen van het luik glijden en bemerkte, dat het scharnierend kon worden opgetrokken. Zijn rechterhand omklemde een verzonken hengsel en trok het zware luik omhoog tot het rustte tegen de deur naar de garage. Tot zijn verbazing gaf het luik toegang tot een brede houten trap.
De Cock aarzelde even. De trap was vrij lang en leidde naar een donker gat. De oude rechercheur overwon een gevoel van angst en liet zich langs de trap zakken. Zijn hart pulseerde tot in de toppen van zijn vingers. Stapje voor stapje ging hij omlaag. De houten treden kraakten onder zijn gewicht.
De trap eindigde in een grote ruimte met een betonnen vloer. Het was er kil. De grijze speurder huiverde in zijn regenjas.
Een ogenblik bleef De Cock nahijgend staan en liet de duisternis op zich inwerken. Toen pakte hij zijn zaklantaarn. Het lichtovaal

dwaalde door de ruimte. Het belichtte een aantal ovale koepels van dik doorschijnend plexiglas.
Achter hem hoorde hij de treden van de houten trap kraken. De hijgende ademhaling van Vledder en mevrouw Van der Vennen leerde hem dat die twee hem naar de donkere kelder volgden.
De Cock stapte naar links op de eerste koepel af. Vledder en mevrouw Van der Vennen liepen hem achterna. Hun voetstappen klonken hol, weerkaatsten tegen de kale witgesauste muren.
De oude rechercheur liet het ovaal van zijn lantaarn rusten op een verchroomd bedieningspaneel met een reeks zwarte hendels. De grijze speurder boog zich naar voren om de aanwijzingen bij de schakelaars te lezen. Rechts van het midden was een schakelaar met de aanduiding 'verlichting'. Met ingehouden adem wipte De Cock de schakelaar over.
Het koude, steriele licht van een halogeenlamp viel over het gezicht van een oude vrouw. Haar fijnbesneden gelaat zag inbleek... had geen kleur... maar de grauwe sluier van de dood ontbrak.
Haar magere handen lagen gevouwen op haar borst. Onder die gevouwen handen, op haar buik, lag opgerold haar grote zwarte kater.
Vledder ademde in zijn nek.
'De oude mevrouw Van Borsele,' hijgde hij. 'Ik herken haar van de foto. Is... eh, is ze dood?'
De Cock antwoordde niet. Hij liep naar het verchroomde bedieningspaneel van de tweede koepel van plexiglas en trok de schakelaar van het licht over.
In zijn beste jas... met astrakankraagje... en in zijn zondagse pak... grijs met een krijtstreepje... lag sluimerend de oude Martijn Schuitema. Zijn lippen waren geplooid in een stille glimlach van verbazing.
De Cock bleef minutenlang naar hem kijken. Het was alsof hij verwachtte dat de oude man elk moment zijn ogen zou openen om hem aan te staren.
In trance... in een toestand van opperste verwarring, sjokte de grijze speurder naar de derde koepel en beroerde de schakelaar 'verlichting'. Het koele halogeen belichtte het lieve gezichtje van Mariska Scheepers. De jonge vrouw scheen als een modern doornroosje van dromen vervuld te wachten op de prins die haar met een kus zou wekken.

Haar dikke zwarte haar in ponykapsel stak fel af tegen het witte satijn van het kussen waarop haar hoofd rustte.
Haar verschoten spijkerbroek stak slobberig onder haar brede groene jack met GIANTS uit, dat bijna tot haar kin was gesloten.
Vledder stond achter De Cock. Opnieuw gleed de hete adem van de jonge rechercheur langs zijn nek.
'Zijn ze dood?'
De adamsappel van De Cock danste op en neer.
'Ingevroren,' sprak hij toonloos.

# 15

De Cock schoof de mouw van zijn regenjas iets terug en keek op zijn horloge. Hij had nog ruim een uur om de nodige voorbereidingen te treffen. De oude rechercheur voelde hoe de spanning bezit van hem nam. De diepe haarwortels trilden op zijn schedel en zijn hart klopte in een hogere versnelling.
Hij had zich verzekerd van de hulp van Fred Prins en Appie Keizer, twee collega's op wie hij altijd een beroep kon doen en die een onvoorwaardelijk vertrouwen stelden in zijn acties.
De Cock keek om zich heen. De twee wagens waarmee ze uit Amsterdam naar Medemblik waren gereden, waren op het parkeerterrein van de begraafplaats Zorgvliet gestationeerd. Door het struikgewas waren ze van de weg af bijna aan het oog onttrokken.
Op en rond de begraafplaats was het aardedonker. Een dik wolkenpak gaf de maan geen kans om er even door te prikken.
Vanuit de richting van het IJsselmeer woei een straffe wind. Fred Prins huiverde in zijn leren jack.
'Waar wachten we op?' vroeg hij rillend.
'Ons lokaas.'
Fred Prins grinnikte.
'Wie of wat is ons lokaas?'
'De vrouw van een architect die een paar dagen geleden in Wervershoof werd neergeschoten. Heb je een extra kogelvrij vest meegenomen?'
Fred Prins knikte.
'Het ligt nog achter in de wagen.' De jonge rechercheur keek hem niet-begrijpend aan. 'Wat heeft die vrouw er mee te maken? Ik dacht dat het ging om drie als vermist opgegeven personen.'
De Cock glimlachte.
'Dat klopt,' sprak hij ontwijkend. 'Ik zal je straks wat laten zien.'
Een zilverkleurige Mitsubishi Galant gleed zacht zoemend het parkeerterrein op. De Cock dirigeerde de wagen met handgebaren naar een verscholen plek.
Toen mevrouw Van der Vennen was uitgestapt, drukte hij haar de hand en stelde Fred Prins en Appie Keizer aan haar voor. Daarna keek hij de vrouw scherp onderzoekend aan.
'U kent mijn voorwaarden.'

Mevrouw Van der Vennen knikte.
'Fouilleert u mij maar,' sprak ze gelaten. 'Ik heb geen vuurwapen bij me.'
De Cock liet zijn handen tastend langs haar lichaam glijden en vond niets.
Daarna gaf hij Fred Prins een wenk. De jonge rechercheur pakte het kogelvrije vest achter uit zijn wagen en hielp mevrouw Van der Vennen het vest onder haar mantel aan te trekken.
Zwijgend, als in een devote processie, trokken ze door de donkere nacht van het parkeerterrein naar de witte villa. De Cock liep enkele meters voor hen uit.
Hij maakte de toegangsdeur open en ging het gezelschap via de hal voor naar het luik en de brede trap naar de kelder.
De kille halogeenlampen in de dikke plexiglaskoepels had De Cock na de ontdekking laten branden.
Als gehypnotiseerd bleef het gezelschap beneden aan de trap staan en staarde lange seconden naar de verstilde lichamen.
Appie Keizer sloeg van verbijstering zijn beide handen voor zijn gezicht. Fred Prins kwam als eerste in beweging. Hij liep van de ene koepel naar de andere en weer terug. Zijn gezicht had een vreemde expressie.
Bij De Cock bleef hij staan.
'Zijn ze geconserveerd?'
De Cock knikte.
'Diepgevroren.'
'Dood?'
De Cock wreef zich achter in de nek.
'Ik heb mij telefonisch in verbinding gesteld met onze patholoog-anatoom, dokter Rusteloos, en heb hem de situatie uitgelegd. Volgens dokter Rusteloos bestaat er geen enkele twijfel. Geen mens kan lange tijd extreem lage temperaturen verdragen.'
Fred Prins zuchtte.
'Ze zijn dus gestorven?'
De Cock maakte een weifelend gebaar.
'Ik heb meer het idee dat ze sluimeren.'
'Tijdelijk niet-actief.'
De Cock glimlachte om de formulering.
'Zo zou je het kunnen noemen.'
Fred Prins boog zich naar hem toe.

'Wat ben je van plan met hen te doen?'
De Cock kauwde peinzend op zijn onderlip.
'Daar heb ik diep over nagedacht,' sprak hij ernstig. 'En ik ben tot de conclusie gekomen, dat ik in feite maar één mogelijkheid heb.'
'En die is?'
De Cock gebaarde voor zich uit.
'Ik zal die drie lichamen in hun koepels laten en het vriesproces niet onderbreken. Ik heb daar naar mijn mening het recht niet toe. Ik mis ook de kennis om daar een gefundeerd oordeel over te vellen. Ik zal na afloop van dit onderzoek de moderne vriesinstallaties in deze kelder in beslag nemen en ter beschikking stellen van de officier van justitie in het arrondissement Alkmaar. Hij zal tot een bevoegd oordeel moeten komen.'
Fred Prins gebaarde naar de koepels.
'Met deze drie lichamen als inzet kan het best een aardig juridisch steekspel worden.'
De Cock keek hoofdschuddend naar hem op.
'Ik vind het woord *aardig* in dit verband niet toepasselijk.'
Fred Prins glimlachte.
'Je hebt gelijk,' sprak hij instemmend. 'Het onderwerp is niet *aardig*... eerder *gruwelijk*.' De jonge rechercheur zwaaide opnieuw naar de koepels. 'Wie is hiervoor verantwoordelijk?'
De Cock keek hem schuins aan.
'Je wilt weten wie deze mensen heeft ingevroren?'
Fred Prins knikte.
'Dat bedoel ik.'
De Cock keek op zijn horloge.
'Dat antwoord hoop ik je binnen een half uur te kunnen geven.'

Mevrouw Van der Vennen zat in het volle licht in de kale keuken aan de enige tafel die in de villa was te vinden. Vanuit de bijkeuken kon De Cock haar goed observeren. Door het kogelvrije vest zat haar mantel te strak. De oude rechercheur kon aan haar rug zien, dat ze zich niet op haar gemak voelde.
Naast hem in de bijkeuken stond Vledder. Het gezicht van de jonge rechercheur zag bleek. Zijn dienstpistool hield hij schietklaar in zijn rechterhand.
De Cock had Fred Prins, die een uitstekend schutter was, geposteerd in een zijkamer waarvan de deur naar de hal open stond. Appie

Keizer lag ergens bij de ingang van de villa achter een bosschage verscholen.
De grijze speurder hoopte dat zijn plan zou slagen. Hij had mevrouw Van der Vennen naar alle betrokkenen laten telefoneren dat zij de lichamen in de kelder van de villa had ontdekt en dat zij vannacht om exact twee uur in de villa over de condities van haar geheimhouding wilde onderhandelen.
De Cock was ervan overtuigd, dat de mededeling van mevrouw Van der Vennen slechts voor één van de betrokkenen begrijpelijk was... de man of vrouw die van het bestaan van de villa met de kelder wist, en verantwoordelijk was voor het invriezen.
Het plan was om die persoon ongehinderd de villa te laten betreden en eerst na een korte confrontatie met mevrouw Van der Vennen te arresteren.
Het was een gewaagd plan. Een plan ook vol risico's.
De Cock was er vrijwel zeker van dat die persoon onmiddellijk het vuur op mevrouw Van der Vennen zou openen zo gauw de vrouw van de vermoorde architect binnen zijn of haar gezichtskring kwam. De Cock kon de veiligheid van mevrouw Van der Vennen niet garanderen. Ondanks haar kogelvrije vest liep ze de kans om levensgevaarlijk gewond te worden.
Maar de oude rechercheur had geen keus. De vrouw van de vermoorde architect bleef bij haar standpunt... ze was alleen tot medewerking bereid als zij de man of de vrouw die haar Bobbejaan had vermoord, eerst enige ogenblikken in de ogen mocht kijken.
De Cock was bang dat mevrouw Van der Vennen de gelegenheid zou benutten om het recht in eigen hand te nemen, daarom had hij bedongen dat hij haar voor de operatie zou mogen fouilleren.
Na alles te hebben overwogen, had hij toegestemd, maar ook Fred Prins de opdracht gegeven om onmiddellijk in actie te komen, wanneer in de hal van de villa iemand aan hem voorbij zou trekken. Het was de enige mogelijkheid om het risico te beperken.
De oude rechercheur keek op zijn horloge. Nog enkele minuten, zag hij. Ze vergleden traag.
Ineens was er rumoer. Er klonk een schot en mevrouw Van der Vennen viel van haar stoel.
Er volgde een tweede schot.
Met Vledder achter zich, rende De Cock vanuit de bijkeuken naar de keuken en vandaar naar een grote woonkamer. Fred Prins worstelde

daar met een man. Hij was groot, sterk en breedgeschouderd. De man wierp Fred Prins van zich af en strompelde naar de hal.
Vledder bracht zijn rechterhand omhoog en richtte zijn pistool. De oude rechercheur sloeg de hand van Vledder naar beneden en rende achter de man aan. Buiten klonken kort achter elkaar twee schoten.
Toen De Cock bij de buitendeur kwam, zag hij Appie Keizer wijdbeens aan het eind van de oprijlaan staan... zijn dienstpistool in de aanslag. De grote man deed nog een paar stappen in zijn richting, wankelde en viel toen languit in het grind.
Hijgend en in draf liep De Cock naar hem toe en knielde bij hem neer. De oude rechercheur tastte naar de borstzak van zijn colbert en stak een potlood* in de loop van de zware revolver, die uit de hand van de man was gegleden. Hij hield het wapen omhoog. Appie Keizer nam het van hem aan.
Vledder boog zich over hem heen en keek in het gezicht van de man op het grind.
'Roderick,' lispelde hij, 'Roderick van Borsele.'

* Om geen sporen op het wapen uit te wissen.

# 16

De Cock deed de deur van zijn woning open. Voor hem op de stoep stond Vledder. De jonge rechercheur lachte wat verlegen. In zijn linkerhand bungelde een bos fraaie rode rozen. Hij hield ze omhoog.
'Vind je ze mooi?'
De Cock schoof hoofdknikkend zijn onderlip vooruit.
'Prachtig.'
Vledder stak de rozen naar voren.
'Voor jou... om aan je vrouw te geven. Jij lijkt mij geen man die zijn vrouw wel eens met een bloemetje verwent.'
De Cock boog beschaamd zijn hoofd.
'Ik denk er nooit aan.'
Vledder liet het onderwerp rusten en stapte naar binnen.
'Zijn de anderen er al?'
De Cock knikte.
'Appie Keizer en Fred Prins. Ze kwamen net voor jou binnen.'
Ze stapten naar de woonkamer. Mevrouw De Cock kwam onmiddellijk overeind en schudde Vledder ter begroeting de hand. Toen haar man haar de rozen overhandigde, keek ze hem verwonderd aan.
'Hoe kom je aan dat boeket?'
'Van Vledder gekregen om jou te overhandigen.'
Mevrouw De Cock lachte.
'Waarom die omweg?'
Vledder kwam tussenbeide.
'Dan kan hij er vast aan wennen. Het is een schande. Volgens mij heeft hij nog nooit een bloemetje voor u meegebracht.'
De Cock nam in zijn lederen fauteuil plaats. Naast hem op een bijzettafeltje stond een fles cognac Napoleon en een reeks diepbolle glazen. Klokkend schonk hij in en reikte zijn gasten de glazen aan.
Appie Keizer boog zich iets naar voren.
'Hoe is het met hem?'
'Roderick van Borsele?'
Appie Keizer knikte.
'Ik had geen keus. Ik zag hem de villa uit strompelen. Toen ik van achter die bosschage kwam, schoot hij op mij. Ik voelde de kogel langs mijn oren suizen. Toen heb ik geschoten.'
De Cock glimlachte.

'Een goed schot. Je hebt zijn rechterbovenbeen getroffen. Een gedeelte van het bot is verbrijzeld. Hij zal er geen blijvend letsel aan overhouden. Ook het schot in zijn been van Fred Prins heeft geen gevaarlijke verwondingen opgeleverd. Hij zal alleen een tijdje op krukken moeten lopen.'
'En die vrouw?'
De Cock schudde zijn hoofd.
'De kogel die Roderick van Borsele op haar afvuurde, is in haar kogelvrije vest blijven steken.'
Vledder gebaarde in zijn richting.
'Heb je hem verhoord?'
De Cock knikte.
'Vanmiddag... urenlang. Hij ligt in het Westfries Gasthuis in Hoorn... in dezelfde kamer en in hetzelfde bed als waarin enige dagen geleden Bobbejaan van der Vennen zijn laatste adem uitblies.'
Fred Prins grinnikte.
'Hoe komt die idioot ertoe om mensen in te vriezen?'
Voordat De Cock antwoordde, nam hij een teug van zijn cognac. Hij zette zijn glas terug op het bijzettafeltje.
'Roderick van Borsele,' opende hij, 'is geen idioot. Hij is alleen bezeten van het idee om levende organismen zodanig te bevriezen, dat ze later weer tot leven kunnen worden gewekt. In zijn fileerbedrijf, waar de vis na het fileren wordt ingevroren, deed hij uitgebreide proeven. Het grootste probleem, zo heeft hij mij uitgelegd, is de kristallisatie. Levende wezens bestaan voor het overgrote deel uit water. Bij bevriezing worden de organen door kristallisatie zodanig gekwetst, dat ze na ontdooiing niet meer functioneren. Om dit tegen te gaan gebruikt men in Amerika glycerine, maar daaraan kleven weer andere nadelen. Roderick van Borsele beweert dat hij een vloeistof heeft ontwikkeld, die geen nadelige bijwerkingen heeft, en toch kristallisatie tegengaat. Volgens Roderick van Borsele heeft hij al kippen, konijnen en katten ingevroren en na een jaar weer tot leven gewekt.'
Fred Prins schudde afwerend zijn hand.
'Wanneer begon hij mensen in te vriezen?'
De Cock vouwde zijn handen.
'Roderick van Borsele hield zielsveel van zijn oude moeder. Toen hij hoorde dat ze aan een ongeneeslijke vorm van kanker leed,

ontstond in zijn brein het plan om haar in te vriezen... voor later, als de wetenschap zo ver zou zijn gevorderd, dat de nu nog ongeneeslijke ziekte zou zijn overwonnen.
'Door zijn experimenten was in hem de overtuiging gegroeid, dat men bij het invriezen niet moest wachten tot iemand was gestorven. Na de dood vallen bijvoorbeeld de hersenfuncties al heel snel uit. De enige kans op succes was... invriezen tijdens het leven.'
Mevrouw De Cock keek haar man verbijsterd aan.
'En dat deed hij?'
De Cock knikte traag.
'De diepvriesinstallaties van zijn fileerbedrijf in IJmuiden voldeden niet voldoende aan de eisen die Roderick van Borsele voor zijn plannen stelde. Hij zocht naar een plek waar hij met hypermoderne apparatuur ongestoord het invriezen van zijn oude moeder kon voorbereiden.'
Vledder zuchtte.
'Medemblik.'
De Cock staarde even voor zich uit.
'De contacten die Willem Bathmen met de architect Bobbejaan van der Vennen legde, waren puur zakelijk van aard. Willem Bathmen, de feitelijke leider van het bedrijf, had inderdaad het plan om in Medemblik een filiaal van zijn fileerbedrijf op te richten.
'Uiteraard was ook Roderick van Borsele van die plannen op de hoogte. Hij vroeg aan Bathmen of hij voor hem een geheime ontmoeting met architect Van der Vennen uit Wervershoof kon arrangeren. Dat gebeurde in een motel ergens aan de snelweg.
'Roderick besprak openhartig de plannen die hij met zijn zieke oude moeder had. Hij moet dat met zoveel overtuiging hebben gedaan, dat Bobbejaan van der Vennen besloot om op zijn plannen in te gaan. Roderick van Borsele legde de architect uit, dat de voorbereidingen in het diepste geheim dienden plaats te vinden omdat volgens de Nederlandse wetgeving het invriezen van zijn oude zieke moeder... hoe humaan ook bedoeld... tot een veroordeling wegens moord zou leiden.'
Fred Prins grijnsde.
'Je hebt gelijk... het is geen idioot.'
De Cock ging onverstoord verder.
'Er werd besloten dat Bobbejaan van der Vennen op zijn eigen naam in het uitbreidingsplan Radboudpark in Medemblik een stuk grond

zou kopen. Daarop realiseerde hij een villa, met daaronder een enorme kelder, waarin Roderick van Borsele zijn experimenten kon voltooien. Die kelder kwam niet voor op de tekening die de architect voor het verkrijgen van een bouwvergunning bij de gemeente indiende. Dat is vermoedelijk de reden dat hij de tekening later vernietigde.'

Vledder schudde zijn hoofd.

'Ik begrijp echt niet waarom Bobbejaan van der Vennen op dat absurde plan inging.'

De Cock zuchtte.

'Roderick van Borsele beloofde de architect dat hij voor hem en zijn vrouw een plaatsje in de geheime diepvrieskelder zou vrijhouden totdat een of andere ziekte hen zou kwellen.'

'Een diepvriestocht naar de eeuwigheid.'

'Precies.'

'De moord in Wervershoof... schoot Roderick van Borsele de architect dood?'

De Cock knikte.

'Bobbejaan van der Vennen was de enige die van de geheime kelder wist. Kort voor hij zijn oude moeder in de diepvries legde, besloot hij hem te vermoorden.'

De Cock pauzeerde even en nam nog een teugje van zijn cognac.

'Roderick van Borsele verzekerde mij, dat zijn oude moeder wist wat er met haar ging gebeuren. Ze stemde daarmee in.'

Vledder grinnikte.

*'Roderick heeft gelijk... de hemel kan wachten.'*

De Cock knikte.

'Roderick van Borsele arrangeerde een inbraak in het flatje van zijn moeder in Purmerend en verwijderde de tekst op de spiegel. Hij was ook de man die het handschrift van zijn moeder nabootste en op de spiegel van Martijn Schuitema schreef: *Ik ben niet dood. Kom naar mij kijken... Maria.*'

Fred Prins maakte een ongeduldig gebaar.

'Ik kan mij voorstellen dat hij voor zijn oude moeder een plaatsje in de eeuwigheid wilde creëren, maar waarom vroor hij ook die oude man en dat meisje in?'

De Cock plukte aan zijn onderlip.

'Hoe vreemd het ook klinkt... het was opnieuw een bewijs van zijn liefde voor zijn oude moeder.'

Appie Keizer keek hem verrast aan.
'Dat begrijp ik niet.'
De Cock spreidde zijn handen.
'Roderick besefte, dat wanneer zijn moeder na vijftig of wellicht wel na honderd jaar opnieuw tot leven zou worden gewekt, zij dan eenzaam en alleen in een voor haar totaal vreemde wereld terecht zou komen... zonder iemand om zich heen die zij kende.'
Mevrouw De Cock keek haar man verrast aan.
'Daar offerde hij die twee aan op?'
In haar stem trilde ongeloof.
De Cock knikte.
'Roderick van Borsele beziet dat niet zo. Integendeel, hij vond dat de vriend van zijn moeder, Martijn Schuitema, een voorkeursbehandeling kreeg. Dat gold ook voor het nichtje Mariska Scheepers. Ze kregen een reis in de toekomst.'
Fred Prins snoof.
'Ik geloof toch dat hij idioot is.'
Vledder boog zich naar voren.
'Werkten Martijn Schuitema en Mariska Scheepers... net als zijn moeder... vrijwillig mee?'
De Cock schudde zijn hoofd.
'Met de belofte, dat hij hen naar de oude mevrouw Van Borsele zou brengen, lokte hij hen naar Hoorn, waar hij hen opwachtte en naar de villa in Medemblik bracht. Daar verdoofde hij hen beiden met methadon, spoot de beschermende vloeistof in en legde hun lichamen in de koepels van dik plexiglas.'
De Cock zweeg en leunde in zijn fauteuil achterover. De uiteenzetting had hem vermoeid. Hij schonk nog eens in.
Mevrouw De Cock repte zich naar de keuken en kwam terug met schalen vol lekkernijen.
Spoedig werd het gesprek algemener.
Het liep al tegen middernacht toen plotseling in de huiskamer de telefoon rinkelde. De Cock nam de hoorn op, meldde zich en luisterde. Met een somber gezicht legde hij na enige tijd de hoorn op het toestel terug.
Vledder keek hem aan.
'Wie was dat?'
'Jan Kusters.'
'Wat moest die?'

De Cock wreef met zijn vlakke hand over zijn breed gezicht.
'Hij heeft zojuist een telefoontje ontvangen van de politie in Hoorn. Roderick van Borsele is vanavond koelbloedig vermoord. Iemand sloop het ziekenhuis binnen en joeg hem drie kogels door zijn lijf.'
Vledder slikte.
'Gaan we daarheen?'
De Cock keek hem strak aan.
'Sinds wanneer bemoeien wij ons met een schietpartij in Hoorn en een dader in Wervershoof?'
Vledder liet zijn hoofd zakken.
'Je hebt gelijk. We kunnen beiden beter binnen de grenzen van Amsterdam blijven. Daar is werk genoeg.'
Het was al ver na middernacht toen mevrouw De Cock haar laatste gast uitgeleide had gedaan. Ze kwam terug in de huiskamer en schoof een poef bij.
'Moe?'
'Ja.'
'Een verschrikkelijke affaire.'
De Cock knikte.
'Ik hoop niet nog eens in zo'n mysterie verzeild te raken.'
Mevrouw De Cock schoof haar poef tot aan de voeten van haar man.
'Weet je nog wat je vanavond tegen Vledder zei?'
De Cock fronste zijn wenkbrauwen.
'Wat zei ik?'
'Je zei... sinds wanneer bemoeien wij ons met een schietpartij in Hoorn en een dader in Wervershoof.'
Over het markante gezicht van De Cock gleed een glimlach.
'Je hebt goed geluisterd.'
Mevrouw De Cock hield haar hoofd scheef.
'Weet jij wie vanavond Roderick van Borsele drie kogels door zijn lijf joeg?'
De Cock knikte traag voor zich uit.
'Een vrouw die niet in aardse gerechtigheid gelooft... en niet op hemelse gerechtigheid kon wachten.'

(40)

# BAANTJER

# De Cock en kogels voor een bruid

Op het politiebureau in de Warmoesstraat krijgt rechercheur De Cock (met ceeooceeka) bezoek van Albert Versteegh, voormalig collega (zie: *Een strop voor Bobby*). Versteegh is als veiligheidsinspecteur bij een Rotterdamse onderneming gaan werken, maar zit nu in doodsnood en roept de hulp van De Cock in.
Even nadien wordt bij het Korenmetershuisje het lijk van een jonge vrouw gevonden. Met zes kogels is zij doorzeefd. Dit lijkt op een kille liquidatiemoord.
De Cock en zijn medewerker Vledder raken in een moeilijke zaak verstrikt. Het wordt er niet makkelijker op wanneer een industrieel uit Huizen ook wordt geliquideerd.

41

# BAANTJER

# De Cock en de dode meesters

Een jonge officier van justitie, belast met een onderzoek naar de mafia, wordt al vijf dagen vermist; een lijk met een klavertje-vier-tatoeage in de Brouwersgracht; een onwillige getuige van de rechtbank en een toeschietelijke informante van een cricketclub; een vermoorde advocaat (die connecties had met de mafia) en een competentiestrijd met de narcoticabrigade...
Dit alles komen rechercheur De Cock (met ceeooceekaa) en zijn assistent Vledder op hun pad tegen tijdens de eerste dagen van een regenachtige herfst.

*De volgende boeken van Baantjer zijn bij de Fontein verschenen:*

1 1963 De Cock en een strop voor Bobby
2 1965 De Cock en de wurger op zondag
3 1965 De Cock en het lijk in de kerstnacht
4 1967 De Cock en de moord op Anna Bentveld
5 1967 De Cock en het sombere naakt
6 1968 De Cock en de dode harlekijn
7 1969 De Cock en de treurende kater
8 1970 De Cock en de ontgoochelde dode
9 1971 De Cock en de zorgvuldige moordenaar
10 1972 De Cock en de romance in moord
11 1972 De Cock en de stervende wandelaar
12 1973 De Cock en het lijk aan de kerkmuur
13 1974 De Cock en de dansende dood
14 1978 De Cock en de naakte juffer
15 1979 De Cock en de broeders van de zachte dood
16 1980 De Cock en het dodelijk akkoord
17 1981 De Cock en de moord in seance
18 1982 De Cock en de moord in extase
19 1982 De Cock en de smekende dood
20 1983 De Cock en de ganzen van de dood
21 1983 De Cock en de moord op melodie
22 1984 De Cock en de dood van een clown
23 1984 De Cock en een variant op moord
24 1985 De Cock en moord op termijn
25 1985 De Cock en moord op de Bloedberg
26 1986 De Cock en de dode minnaars
27 1987 De Cock en het masker van de dood
28 1987 De Cock en het lijk op retour
29 1988 De Cock en moord in brons
30 1988 De Cock en een dodelijke dreiging
31 1989 De Cock en moord eerste klasse
32 1989 De Cock en de bloedwraak
33 1990 De Cock en moord à la carte
34 1990 De Cock en moord in beeld
35 1991 De Cock en danse macabre
36 1992 De Cock en een duivels komplot
37 1992 De Cock en de ontluisterende dood
38 1992 De Cock en het duel in de nacht
39 1993 De Cock en de dood van een profeet
40 1993 De Cock en kogels voor een bruid
41 1994 De Cock en de dode meesters
42 1994 De Cock en de sluimerende dood
43 1995 De Cock en 't wassend kwaad

*Andere titels van Baantjer:*
De dertien katten
Misdaad in het verleden
Een Amsterdamse rechercheur
Rechercheur Baantjer van bureau Warmoesstraat vertelt, deel 1 t/m 7

*Verkrijgbaar bij de boekhandel*

*Mit dem »Leoparden-Paradox« (s. u. S. 77) sind erste Grundlagen einer Managementbetriebslehre gelegt worden. Sie befassen sich vorwiegend mit dem Topmanagement.*
*Die hier veröffentlichte »Falken-Parabel« enthält ein weiteres Fragment der noch unvollendeten Managementbetriebslehre. Sie beschäftigt sich mit der ebenso notwendigen wie vernachlässigten Überwachung des Topmanagements, wie sie den respekteinflößenden Aufsichtsräten obliegt.*
*Sebastian Hakelmacher, unter anderem durch seinen klassischen Wendetext »Vom Teen-Ager zum Man-Ager« (1989) bekannt, beweist mit seinem systematischen Zugriff auf die komplexe Materie der Aufsichtsräte erneut jene Souveränität und Credibility, die ihm durch eine jahrzehntelange Praxis als Konzernvorstand wie auch durch geduldig beobachtendes Ausharren in Aufsichtsratssitzungen zugewachsen sind. Seine sprachlich subtilen Annäherungen an eine vielfach unbekannte Größe unseres Wirtschaftslebens kann selbst so vielschichtigen Problemen wie »Die Organstellung des Aufsichtsrats«, »Wie wird und bleibt man Aufsichtsrat« und »Dramaturgie der Aufsichtsratssitzung« gerecht werden. Ein ausführliches Inhaltsverzeichnis (S.9ff.), ein »Glossar für wissbegierige Aufsichtsräte« (S. 70ff.) und ein Register der denkwürdigsten Motive (von »Ablass« bis »Zwischenspiel«, S.73ff.) erschließen den Text selbst für eilige Leser.*

# Die Falken-Parabel

# Sebastian Hakelmacher
# Die Falken-Parabel

## Zweites Fragment der Managementbetriebslehre

Libelle

*Aufsichtsräte glauben nicht an Wunder,*
*sie verlassen sich darauf.*

# *Inhalt*

## *Hinführung*

Seit altersgrauer Zeit gehört der scharfsichtige Edelfalke (lat. *falco)* zu den in höchsten Kreisen hoch geschätzten Vögeln. Im alten Ägypten genossen die Falken sogar göttliche Verehrung. Die hochherrschaftliche Falkenjagd wurde bereits bei den Assyrern ausgeübt. Friedrich II. war bekanntlich ein leidenschaftlicher Falkner.

Damit der Falke seine Jagdlust zum Nutzen des Menschen einsetzt, muss man ihn durch Verkappung lange Zeit im Dunkeln halten.

In Brehms Tierleben[1] heißt es über die Falken:
*… man verzeiht ihnen das Unheil, das sie anrichten, weil ihr ganzes Leben und Wirken zur Bewunderung hinreißt. …ihr edler Anstand, ja fast möchte man sagen Adel der Gesinnung sind Eigenschaften, die niemals verkannt werden können.*

Die Ähnlichkeiten mit dem Ansehen der Aufsichtsräte können selbst weniger scharfsichtige Beobachter nicht übersehen.

---

1 Hamburg 1927, Vögel Band II, S. 239.

## *1. Einführung in das ganze Geheimnis*

Aufsichtsräte sind *rätselhafte Wesen*. Die legale Geheimhaltung, die ihre Tätigkeiten umgibt, verführt zu unheimlichen Vorstellungen. Die den Aufsichtsräten auferlegte Verschwiegenheitspflicht, die nur bei Hintergrundgesprächen mit Journalisten, zur Abstimmung in Gewerkschaftskreisen sowie beim Gedankenaustausch mit Kollegen oder mit vertrauenswürdigen Personen preisgegeben wird, verhinderte lange Zeit eine der Allgemeinheit zugängliche Beschreibung der Aufsichtsräte und ihres Treibens.[2]

Die Aufsichtsräte, die offenbar keine natürlichen Feinde haben, haben sich in den letzten

2 Es entspricht der hohen Würde des Aufsichtsrates, dass Autoren, die über seine Tätigkeit schreiben, nur dann als seriös angesehen werden, wenn ihr Durchschnittsalter über 75 Jahren liegt. Siehe die neuesten Veröffentlichungen: *Potthoff/Trescher*, Das Aufsichtsratsmitglied, 4. Auflage 1998; *Semler (Hrsg.)*, Handbuch für Aufsichtsratsmitglieder, 1999. Wegen des noch jugendlichen Alters des Autors dürfen die nachfolgenden Ausführungen durchaus skeptisch gelesen werden.

Jahren so gewaltig vermehrt, dass sie öfter in das Rampenlicht der Öffentlichkeit geraten sind. Ihr häufigeres Erscheinen führte zu aufschlussreichen Indiskretionen, die kaum bemerkte Aufklärungen in repräsentativem Umfang ermöglichten[3] und die irdische Herkunft der Aufsichtsräte hinreichend belegt haben.

Die Aufsichtsräte sollen hier, so weit wie möglich, wissenschaftlich aufgearbeitet und, so weit wie zulässig, in ihrem Wesen verständlich gemacht werden. Dazu werden sie in bio-, morpho-, sozio- und psychologischer Sicht beleuchtet, ohne dass ihre menschliche Seite geleugnet werden soll.

Der allgemeine Sprachgebrauch bezeichnet mit Aufsichtsrat sowohl die Institution in ihrer Gesamtheit wie auch ihre wesentlichen Bestandteile, also die Mitglieder des Aufsichtsrats.[4] Um das *Mysterium der Aufsichtsräte* trotz genereller Säkularisierungstendenzen zu bewahren, wird nachfolgend die Mehrdeutigkeit des Begriffes weitgehend ausgenutzt.

---

3 *Zitterbart,* Von lichten Erscheinungen in lichten Momenten – Schein und Wirklichkeit irdischen Daseins, München 1993, S. 121 ff.

4 *Wahrig,* Deutsches Wörterbuch, 1985, S. 474.

## 2. *Die Aufsichtsräte in freier Wildbahn*

### *a) Auftritt und Vorkommen*

Es gilt heute als empirisch abgesichert, dass die Aufsichtsräte nicht als Einzelgänger, sondern herdenweise in dem *Dickicht der Unternehmensverfassung* herumtappen.

Sie tauchen nur wenige Male im Jahr in den Lichtungen der Unternehmen auf, wo sie ihre Niederkunft zelebrieren. Diese feierliche Ansammlung von Aufsichtsräten nennt der Fachmann wegen der dominierenden Beanspruchung des Sitzfleisches Sitzung.[5]

Die Sitzungen stimulieren die fruchtbaren Auseinandersetzungen der Aufsichtsräte.[6] Zu größerer Erregung kommt es vor allem bei mitbestimmten Aufsichtsräten. Das sind jene

---

5 *Röhricht,* Die Analen der Kommunikation – ihre Position und -larisierung, Frankfurt 1989, S. 71.

6 *Sahmer/Uterman (Hrsg.),* Fruchtbarkeitskulte – Geschichte, Arten und Verbreitung, 6 Bände, 6. Auflage, Berlin–Leipzig 1996; insbesondere Band 3, Abschnitt VI.

Aufsichtsräte, die von divergierenden Gruppeninteressen mitbestimmt werden.[7] Typischerweise zerfällt die Meute bei diesen Aufsichtsräten in zwei Rudel, die sich in den Sitzungen, oft mit bemerkenswertem Imponiergehabe, verbal zu attackieren pflegen, bevor sie sich wie gesittete Aufsichtsräte zur Nahrungsaufnahme friedlich vereinigen.

Da sich die Aufsichtsräte von den Informationskrümeln, die vom Tische des Topmanagements fallen, nicht ausreichend ernähren können, muss man biologisch die gemeinsame Mahlzeit als eigentlichen Anlass der Aufsichtsratssitzungen interpretieren.[8]

Obwohl Aufsichtsräte inzwischen in den Naturschutzparks aller größeren Unternehmen vorkommen, liegen Art und Weise ihrer *Fortpflanzung* noch immer im Dunkeln. Nach allen bisherigen Beobachtungen hat die Unterteilung nach Geschlechtern für Aufsichtsräte keine praktische Relevanz. Aufsichtsräte wissen

---

7 Wer die deutschen Quellen als befangen ablehnt, findet eine neutrale Analyse dieser Aufsichtsratsart bei *Higgins/Blame,* Overriding Principles in Corporate Governance, 3rd Edition, London 1998, p. 423 ff.

8 *Pussback,* Der biologische Wert aufsichtsreicher Mahlzeiten, Tübingen 1983, S. 18.

oft gar nicht, ob sie Männlein oder Weiblein sind.

Im Rahmen der Sitzungen konnte zwar häufig das Ritual des Balzens beobachtet werden, doch sind alle Versuche, die Befruchtung von Aufsichtsräten mit versteckter Kamera zu filmen, bisher fehlgeschlagen. Das gegenseitige Auf-die-Schulter-Klopfen konnte ebenso wenig als Zeugungsakt verifiziert werden[9] wie zaghafte Hinweise auf verbreitete Inzucht.

Zuchtversuche mit angeblich gezähmten Aufsichtsräten sind bisher nicht gewagt worden, nachdem selbst der Gesetzgeber vor einschneidenden Züchtigungsversuchen bei Aufsichtsräten zurückschreckte.[10] Das Klonen von Aufsichtsräten gehört noch in den Bereich der Phantasie, weil derzeit kein geeignetes Zellenmaterial zugänglich ist.[11]

---

9 So schon *Uhse,* Das Mythos vom Chaos des Eros, Flensburg 1976.

10 Vgl. dazu die zurückhaltenden Neuregelungen für Aufsichtsräte im Rahmen des Gesetzes zur Kontrolle und Transparenz im Unternehmensbereich vom 27. 4. 1998 (KonTraG).

11 Siehe dazu die neuere Untersuchung von *Adebar,* Selbstbefruchtung und Klonen von sterilisierten Organen, München 1999.

Die Aufsichtsratsforschung ist bezüglich der Vermehrung von Aufsichtsräten weiterhin auf Vermutungen angewiesen.[12] Das hohe Durchschnittsalter der Aufsichtsräte lässt eher auf eine unnatürliche Fortpflanzung schließen,[13] die durch den gesetzlichen Artenschutz stark gefördert wird.

### *b) Arten der Aufsichtsräte*

Bei genauer Betrachtung lassen sich zwei Arten von Aufsichtsräten unterscheiden, nämlich die nützliche und die bedeutsame Art. Die *nützliche Art* tritt hauptsächlich als fakultativer, also freiwillig gebildeter Aufsichtsrat auf. Sie kann unter dem Decknamen Beirat sogar bei Personenunternehmen vorkommen.

Wegen des geringen Herdenumfangs[14] und ihres (wohl deshalb) unterentwickelten Spieltriebs gelten nützliche Aufsichtsräte unter Fachleuten als wenig lebenstüchtig. Sie stürzen

---

12 Dazu sehr ausführlich *Trollwitz,* Wo kommen die vielen Aufsichtsräte her?, Stuttgart 1994.

13 Weitere Vermutungen finden sich bei *Clinton,* The Oral Office, Washington 1998.

14 In der Regel werden nur drei, maximal sechs Exemplare gezählt.

sich mit Vorliebe auf unternehmerische oder betriebliche Fragestellungen. Ihre Sitzungen sind infolgedessen von ungesunder Dauer.[15] Da die fakultativen Aufsichtsräte durch Formalitäten wenig geschützt sind, dürften sie bei dieser Lebensweise bald zum Aussterben verurteilt sein.

Kaum bedroht ist dagegen die *bedeutsame Art* der Aufsichtsräte, die in erster Linie durch den obligatorischen Aufsichtsrat[16] repräsentiert wird. Erst diese Art entfaltet jene bezaubernde Würde und abnehmende Effizienz, die von geachteten Aufsichtsräten erwartet werden und die mit der qualifizierten Mitbestimmung[17] ihre komplizierte Vollendung erreichen.

Die bedeutsamen Aufsichtsräte sind für den

---

15 Es wurden Sitzungen in dumpfen Räumen mit einer Dauer von 6 und mehr Stunden beobachtet, bei der die Nahrungsaufnahme auf ein Minimum reduziert wurde.

16 Diese Zwangseinrichtung betrifft insbesondere die Aktiengesellschaften und größere Gesellschaften mit beschränkter Haftung.

17 So bezeichnet man die zahlenmäßig paritätische Besetzung eines Aufsichtsrates mit Anteilseigner- und Arbeitnehmervertretern. Die Grundlagen bilden das Mitbestimmungsgesetz vom 4. 5. 1976 und das Montan-Mitbestimmungsgesetz vom 21. 5. 1951.

Daseinskampf besser gerüstet als die nützlichen Aufsichtsräte, denn die paritätische Zusammensetzung hat den Herdenumfang beträchtlich vergrößert, das Durchschnittsalter der Aufsichtsräte drastisch gesenkt und die Frauenquote in dem sonst patriarchalisch geprägten Gremium auf niedrigem Niveau stark angehoben.[18]

Außerdem steht dieses *Biotop von Prominenz und Mitbestimmung* unter besonderem Naturschutz.[19] Aufsichtsräte, die einmal von der Mitbestimmung befallen sind, werden trotz Verschwinden der dafür wesentlichen Symptome nur nach langwieriger Therapie als geheilt entlassen.

### *c) Die Organstellung des Aufsichtsrats*

In der Unternehmensverfassung ist der Aufsichtsrat als hoch stehendes, mehr oder minder

---

*18* In der Zeit von 1975 bis 1995 sank bei der Mehrzahl einer Unzahl von Aufsichtsräten das Durchschnittsalter von 62,5 Jahren auf 61,8 Jahre, während die Frauenquote im gleichen Zeitraum von 1,8% auf 4,3% zunahm (*Zaches*, Statistische Phantasien, Köln 1996, S. 454 ff.).

*19* Siehe insbesondere die Mitbestimmungs-Ergänzungsgesetze.

*reizbares Organ* angelegt, das bei großen Kapitalgesellschaften im Rahmen des Beziehungsgeflechts von Geschäftsführung und Aufsicht als sekundäres Geflechtsmerkmal voll entwickelt ist.

Ursprünglich hielt man den Aufsichtsrat für ein hoch sensibles Organ. Inzwischen hat man gelernt, dass die Sensibilität in Bezug auf die Zukunft des Unternehmens wenig ausgeprägt ist und für die Wahrnehmung von Unternehmenskrisen praktisch kaum existiert.

Das Aufsichtsorgan sondert als Sekret[20] das *Topmanagement* des Unternehmens ab, das ebenfalls als Organ ausgebildet und als primärer Geflechtsteil spitzenmäßig auf jeder Unternehmung lastet. Da Topmanager meist sehr bald vom Boden abheben, wird die Spitzenbelastung selten empfunden.

Über den Spitzenmanagern, die mit ihrer charakteristischen Weitsicht alle wichtigen Dinge übersehen, schwebt der Aufsichtsrat. Seine Aufgabe ist die Aufsicht, der er mit Nachsicht nachkommt. Fachleute bezeichnen diese zwie-

---

20 D. h. geheime Absonderung. Vgl. *Mauser,* The Power of Secret Services, London 1996, S. 66 ff.

spältige Organanordnung als *dualistisches System*[21]. Während sich die Topmanager hauptamtlich ruinieren, üben die Aufsichtsräte als solche eine nur im Krisenfall ruinöse Nebentätigkeit aus.

Der gesetzlich tolerierte Amateurstatus der Aufsichtsräte erlaubt deren noble Distanz zum aktuellen Geschehen und erklärt ihre geringe zeitliche Verfügbarkeit. Aus diesem Sachverhalt hat sich die Überwachungslücke der Aufsichtsräte ergeben, die sie voll ersetzt.

Um bei voller Ungeschorenheit der Aufsichtsräte diese schmerzliche Lücke halbwegs zu schließen, hat der Gesetzgeber den Abschlussprüfer zum kompletten Gehilfen der Aufsichtsräte bestimmt.[22] Der Abschlussprüfer wird damit zum Hilfsorgan, sodass aus dem dualistischen ein *tri-viales System*[23] geworden ist, dessen Bewährungsprobe allerdings noch

---

21 Im Gegensatz zu dem in angloamerikanischen Ländern verbreiteten monistischen System, bei dem die Unternehmen nur ein Brett (= Board) als Kopf haben. Dazu ausführlich *Scheffler (Hrsg.)*, Corporate Governance, Wiesbaden 1995.

22 Siehe dazu auch *Hakelmacher*, KonTraGproduktive Wirtschaftsprüfung, WPG 1999, S. 133 ff.

23 Zu den Aussichten siehe *Kohlmeise*, Perspektiven der trivialen Unternehmensverfassung, Hamburg 1999.

aussteht. Der Abschlussprüfer soll die verbreitete Dialogschwäche von Vorstand und Aufsichtsrat überbrücken.

Zur Humanisierung der Arbeitswelt der Topmanager ist die Mitgliederzahl der obligatorischen Aufsichtsräte ohne Rücksicht auf vernünftige Alternativen gesetzlich festgeschrieben worden.[24] Da mit steigender Mitgliederzahl das Ansehen eines Gremiums zu und seine Effizienz im Quadrat abnimmt, wird der Aufsichtsrat in der Praxis selten mit weniger als sechs Personen besetzt. Nach dem Mitbestimmungsgesetz müssen es mindestens zwölf Mitglieder sein.[25] Damit soll gewährleistet werden, dass der Aufsichtsrat bei größeren Unternehmen mit absoluter Sicherheit eine *arbeitsunfähige Größe* erreicht, wie sie für rituelle Handlungen erforderlich ist. Nach unangefochtenen Erkenntnissen der Komitologen[26] ist ein Gremium nur dann arbeitsfähig, wenn es

---

24 Sie kann in Abhängigkeit von Größe, Art und Mitarbeiterzahl der Unternehmung zwischen 3 und 21 schwanken. Siehe §§ 95 und 96 AktG.

25 § 7 MitBestG 1976.

26 Komitologie ist die Wissenschaft, die sich mit Art und Funktion von Gremien (Räte, Kommissionen, Ausschüsse usw.) befasst. Ausführlich dazu *Liebstöckel*, Gremien auf dem Prüfstand – eine Einführung in die Komitologie, 4. Auflage, München 1998.

höchstens sieben Mitglieder umfaßt, von denen mindestens zwei verhindert sind und zwei aus anderen Gründen nicht erscheinen. Da es aber um breitflächige Repräsentanz und nicht um tief gehende Sacherörterungen geht, wird eine Verkleinerung des Aufsichtsrates, insbesondere von Gewerkschaftsseite, abgelehnt.[27]

---

27 Siehe dazu die Diskussion im Vorfeld des KonTraG. Zum besseren Verständnis sei auf *Zwanghofer,* Der Erbhofbauer, 1987, verwiesen.

## 3. *Wesen und Herkunft der Aufsichtsräte*

### *a) Zweck und Nutzen*

Der Aufsichtsrat soll die Geschäftsführung bzw. den Vorstand ständig daran hindern, etwas falsch zu machen. Er ist als Hürde für den systemimmanenten Übermut der Topmanager gedacht. Die Aufsichtsräte sind also die *höchsten Hürdenträger* des Unternehmens.[28] Das klingt schlimmer, als es sich anhört. Denn Aufsichtsräte sind auch nur Menschen, die der Anspruch vereint, alles zu wissen. Die Frage, ob der Aufsichtsrat überflüssig ist oder nicht, ist daher mit einem klaren Ja zu beantworten.[29]

Der in gut unterbelichteten Kreisen verbreitete Glaube, dass Aufsichtsräte zumindest geringe Ahnungen vom Geschäft des Unternehmens haben müssten, konnte trotz intensiver Beobachtung nicht durch Tatsachen gestützt wer-

---

28 Nach *Schmalfuß,* Die Würde der Hürde als Bürde, Wiesbaden 1996, S. 51 f.

29 So schon *Scheffler,* Der Aufsichtsrat – überflüssig oder nicht?, ZGR 1993, S. 76.

den. Auf der anderen Seite fand sich auch kein unumstößlicher Beweis dafür, dass Sach- und Fachkenntnisse die Berufung zum Aufsichtsrat verhindern. Signifikant ist, dass die meisten Aufsichtsräte hauptberuflich an der Spitze anderer Hierarchien stehen, also dort die höchste Stufe der Inkompetenz erreicht haben.[30] Das lässt den Schluss zu, dass man Aufsichtsrat ohne Ansehen der Person werden kann, wenn man anderweitig eine angesehene Position bekleidet.

### *b) Herkunft*

Nach ihrer Herkunft kann man die Aufsichtsräte in Vertreter der Anteilseigner und der Arbeitnehmer einteilen. Beide Gruppen vertreten ihre Interessen als Interesse des Unternehmens.

Als *Vertreter der Anteilseigner* dominieren – z. T. hysterisch bedingt – Bankvorstände und -direktoren. Sie gelten als verschwiegen, aber mitteilsam und wissen selbst Antworten auf nicht gestellte Fragen. Außerdem schätzt man ihre permanent feierliche Körperhaltung.

---

30 Zu dieser natürlichen Entwicklung auf höchstem Niveau siehe *Peter/Hull*, Das Peter-Prinzip, Hamburg 1970.

Pensionierte Vorstandsmitglieder der Gesellschaft bestechen durch ihre rasche Distanz gegenüber früheren Fehlentscheidungen des Managements, die sie durch skeptische Zurückhaltung gegenüber Neustrukturierungen ausgleichen.

Prominente Topmanager, die sich im Vor- oder Ruhestand anderer Unternehmen befinden, sind als Aufsichtsräte begehrt, weil sie stets zweimal nachdenken, bevor sie aus Kollegialität nichts fragen.

Andere Berufsgruppen wie Politiker, Anwälte, Wirtschaftsprüfer oder Hochschullehrer sind in ihrem Betragen schwer einzuschätzen. Sie neigen zu unpraktischen Belehrungen oder irritierender Neugier. Ihre Berufung zeugt von hoher Risikobereitschaft und Experimentierfreude.

Bohrende Fragen drohen am ehesten von den aus dem Betrieb stammenden *Vertretern der Arbeitnehmer*. Sie kommen eigentlich nur vor, wenn die betriebliche oder unternehmerische Mitbestimmung dies unvermeidbar macht.[31]

---

*31* Insbesondere Betriebsverfassungsgesetz von 1952 und Mitbestimmungsgesetz von 1976.

Arbeitnehmer kennen das Geschäft des Unternehmens und die Schwächen des Vorstandes genauer als alle anderen Aufsichtsräte. Es bedarf hier der starken Hand des Vorsitzenden, um die schweigende Geschlossenheit des Aufsichtsratsplenums zu wahren.

Bei paritätisch besetzten Aufsichtsräten lassen sich Gewerkschaftsfunktionäre die Rudelführerschaft für die Arbeitnehmer nicht nehmen. Entgegen ersten Befürchtungen lassen sie sich problemlos integrieren, weil sie wie die Repräsentanten der Anteilseigner für das Aufsichtsratsmandat eigentlich keine Zeit haben.[32] Ihre wichtige Funktion besteht darin, die Sitzungsprotokolle in regelmäßigen Abständen zu korrigieren, um kapitalistische Gräuel des Managements oder Nachholbedürfnisse für Tarifforderungen dokumentieren zu lassen.[33]

---

32 Daher sind Terminabsprachen der schwierigste und zeitaufwendigste Teil der Aufsichtsratssitzungen.

33 Eine Analyse von 1227 Aufsichtsratsprotokollen ergab, dass 58,7% ohne Änderungen genehmigt wurden. 40,9% wurden geändert, davon 39,8% auf Veranlassung von Arbeitnehmervertretern. 0,4% der Protokolle blieben verschollen. *Kösting*, Kernsätze ordnungsmäßiger Protokollführung (KOPF) bei mitbestimmten Aufsichtsräten, Frankfurt 1997, S. 222 ff.

### *c) Struktur*

Der Aufsichtsrat setzt sich nicht nur in Sitzungen, sondern auch aus dem Vorsitzenden, dessen Stellvertreter und den gemeinen Aufsichtsratsmitgliedern zusammen.

Der *Vorsitzende* und sein Stellvertreter tragen die Hauptverantwortung für Ablauf und Pathos der Aufsichtsratssitzung. Sie müssen Würde und Überlegenheit ausstrahlen, damit die gemeinen Aufsichtsratsmitglieder dankbar und Rat suchend zu ihnen aufsehen[34] und während der gesamten Sitzungsdauer interessierte Ruhe bewahren.

Der Vorsitzende des Aufsichtsrates stammt in aller Regel aus den Greisen der Aktionärsvertreter. Golfspieler sind ideale Vorsitzende, weil sie gewohnt sind, einfache Spaziergänge durch komplizierte Regeln zum Problem zu machen. Der stellvertretende Vorsitzende ist bei mitbestimmten Aufsichtsräten meistens ein Vertreter der Gewerkschaften, die ähnlich umständlich die Interessen der Arbeitnehmer vertreten. Aufsichtsräte der feinen Lebensart

---

34 Insofern ist auch für sie der Name Aufsichtsrat gerechtfertigt.

leisten sich neben den beiden Vorstehern und dem Plenum ein *Präsidium*. Bei mitbestimmten Aufsichtsräten setzt sich das Präsidium aus dem Vorsitzenden und seinem Stellvertreter sowie zwei gemeinen Aufsichtsräten, und zwar je ein Vertreter der Anteilseigner und der Arbeitnehmer, zusammen. Diese ehrenwerte Gesellschaft[35] kümmert sich insbesondere um die Angelegenheiten anderer Personen, vorzugsweise der Vorstandsmitglieder, und um ähnlich sensible Angelegenheiten.

Sitzungen des Präsidiums finden in der Regel unter Beanspruchung des Vorstandsvorsitzenden als Hauptreferenten vor jeder Aufsichtsratssitzung statt. Als Instanz der verklärten Einsicht und höchsten Vertrauens verhandelt das Präsidium allfällige Aufsichtsratsbeschlüsse bis zur Zustimmungsreife[36] und sorgt so dafür, dass sich die Tätigkeit des Aufsichtsratsplenums auf den gemeinsamen Verzehr der nicht mitgebrachten Speisen und Getränke konzentriert.

---

35 Sie ist bei mitbestimmten Aufsichtsräten aus Bequemlichkeit meist mit dem Ausschuss nach § 27 Abs. 3 MitbestG identisch, auf den hier nicht näher eingegangen werden kann.

36 Kritisch dazu *Tümmling*, Die Gefahren der Präsidialverfassung im außerpolitischen Bereich, Stuttgart 1987.

## 4. *Wie wird und bleibt man Aufsichtsrat?*

### *a) Natürliche Auslese*

Die Berufung zum Aufsichtsrat ist nicht ganz so schwierig zu erklären wie eine großartige Managerkarriere,[37] weil sie diese in der Regel voraussetzt. Aufsichtsrat wird man aufgrund seiner hohen Rangstufe in anderen Organisationen.

Topmanager, die zum Ausgleich ihrer hauptberuflichen Überforderungen neue Herausforderungen suchen, haben die besten Aussichten, Aufsichtsrat zu werden. Bankdirektoren oder Gewerkschaftsfunktionäre werden als prädestinierte Berufsgruppen sogar ohne eigene Mühen zu Aufsichtsräten befördert.

Dieselbe wohltuende Automatik widerfährt jenen Anwärtern, die bereits andere Aufsichtsratsmandate wahrnehmen und deshalb als *pro-*

37 Siehe dazu *Hakelmacher*, Das Leoparden-Paradox. Grundlagen einer Managementbetriebslehre, 3. Auflage, Lengwil 1999.

*fessionelle Aufsichtsräte* gelten.[38] Da ständiger Termindruck das persönliche Ansehen am augenfälligsten betont, liegt es für ehrgeizige Aufsichtsräte nahe, Aufsichtsratsmandate zu sammeln wie andere Leute Tassen, die sie nicht im Schrank haben.

### *b) Künstliche Auslese*

Ohne adäquate Spitzenstellung in einer anderen Hierarchie kann eine Berufung in den Aufsichtsrat nur über *verbundene Personen* bewerkstelligt werden.[39] Als verbundene natürliche Personen gelten solche, die durch verwandtschaftliche Verbindungen oder durch gemeinsame Zugehörigkeit zu einer terrestrischen Vereinigung geneigt sind, aus emotionalen Erwägungen zu Gunsten des Partners tätig zu werden. Auch verbundene juristische Perso-

---

*38* Die positiven Synergieeffekte von Mehrfachmandaten konnten noch nicht befriedigend aufgedeckt werden; sie geben aber zu denken. Ein wesentlicher Faktor ist sicherlich die mehrfache Ausnutzung der Erfahrungen über Ritual und Duldsamkeit der Aufsichtsräte. Siehe dazu *Oechsle (Hrsg.)*, I kenn mi aus, Festschrift für Sandgruber, Köln 1994, S. 1284 ff.

*39* In Ansätzen lesenswert: *Haberstroh*, Verbundeffekte in der kapitalistischen und in der sozialistischen Wirtschaft – Analyse und Vergleich, Dissertation, Dresden 1987.

nen können zu Aufsichtsratsmandaten verhelfen. Innerhalb eines Konzerns kann jedem hoch gestellten Konzernmanager ein Aufsichtsratsmandat in den Schoß fallen.

In Extremfällen können sogar *rationale Gründe* zum Aufsichtsratsmandat führen. Unternehmensberater werden z. B. aus Verzweiflung zu Aufsichtsräten berufen, Funktionäre aus Fürsorge, Justitiare aus Verlegenheit oder Unschuldige aus Versehen.

### *c) Beharrungsvermögen*

Aufsichtsräte sind engagierte Amtsinhaber, weil das Mandat Ansehen und gesellschaftliche Kontakte vermittelt. Aufsichtsräte halten sich für unersetzlich, sodass sie ihre Wiederwahl nach Ablauf der gesetzlich begrenzten Amtsdauer als reine, wenn auch lästige Formsache betrachten.

Auf der anderen Seite birgt die Berufung neuer, unerfahrener Aufsichtsräte schwer kalkulierbare Risiken in sich. Wenn man ihnen das Amt gibt, kann man nicht sicher sein, ob Gott ihnen die notwendige Anpassungsfähigkeit gegeben hat. Es ist jedenfalls vorgekommen, dass neue Aufsichtsräte die Überwachungsaufgabe ernsthaft angehen wollten.

Die Würde des Amtes und ihrer Träger lässt eine *Altersgrenze* für Aufsichtsräte nicht zu. Daher stellen sich auch Früh- und Normalrentner für den Aufsichtsdienst zur Verfügung. Viele Amtsinhaber sehen im Aufsichtsratsamt nicht nur ihren zweiten Karriereabschnitt, sondern auch den würdigen Abschluss ihrer irdischen Laufbahn.[40]

Die höhere Lebenserwartung hat die natürliche Altersgrenze für Aufsichtsräte über das 80. Lebensjahr hinausgeschoben. Die Nachwuchssorgen der Aufsichtsräte sind daher derzeit gering.

---

40 *Höll*, Das Ende einer Dienstart, Hamburg 1992.

## *5. Die Aufgaben des Aufsichtsrats*

Wer erstmals zum Aufsichtsrat bestellt worden ist, unterliegt der Versuchung, sich mit den Pflichten der Aufsichtsräte zu befassen, um Freunden und Verwandten die imageträchtige Funktion prägnant beschreiben zu können. Dem aufgeschlossenen Aufsichtsratsnovizen sind dazu die nachfolgenden Handreichungen gewidmet.

### *a) Das Vorstands-Bestellobligo*

Das Aktienrecht schreibt dem Aufsichtsrat die *Bestellung von Vorstandsmitgliedern* zwingend vor, sagt aber nichts Brauchbares über deren Qualifikation und nennt keine geeigneten Bezugsquellen. In Erkenntnis dieser Schwäche hat der Gesetzgeber vorgesehen, dass die Bestellung auf höchstens fünf Jahre erfolgen darf. Eine Wiederbestellung ist allerdings zulässig.

Die existenzielle Frage, warum jemand Vorstandsmitglied geworden ist, ist zwar weitgehend beantwortet worden,[41] doch sind die bahnberechnenden Erkenntnisse trotz leichter Zugänglichkeit bisher nur einem exklusiven Kreis von Privatgelehrten und Liebhabern bekannt geworden. Die daher weiterhin verunsicherte Praxis stützt sich auf die unbewiesene These, dass ein Manager das Potential zum Topmanager besitzt, wenn er sich von der Realität so weit entfernt hat, dass er sein Amt mit der Entwicklung globaler Strategien ausfüllen muss.

Die *Abberufung* von Vorstandsmitgliedern gehört zu den in Vergessenheit geratenen Obliegenheiten des Aufsichtsrates. Sie wäre zwar leicht erklärbar, stört aber das starke Harmoniebedürfnis von Vorstand und Aufsichtsrat.

Da die vorzeitige Abberufung von Vorstandsmitgliedern nur aus wichtigem Grund erlaubt ist, glauben viele Aufsichtsräte, dass die nach Ablauf der Amtszeit mögliche *Wiederbestellung* grundlos erfolgen kann. Andere lassen sich von der Erfahrung leiten, dass niemand nach den Gründen fragt.

---

41 *Hakelmacher*, Das Leoparden-Paradox, 3. Auflage, Lengwil 1999, S. 35 ff.

Um für gewissenhafte Aufsichtsräte etwaige Unsicherheiten abzubauen, sei erwähnt, dass etablierte Topmanager zwei untrügliche Kennzeichen aufweisen: hoher Bekanntheitsgrad bei Banken, Postämtern und Sparkassen oder durch unmerkliche Renitenz ersessene Zugehörigkeit zum Establishment der Topmanager. Topmanager, die ihr Image durch regelmäßige PR-Artikel auf einen durch nichts gestützten Bekanntheitsgrad von mindestens 73,28% gebracht haben,[42] werden wieder bestellt, weil die Aufsichtsräte befürchten müssen, dass sonst der einzige Ruf des Unternehmens leiden könnte.

Heimlich renitente Spitzenmanager hören jedem Ratschlag der Aufsichtsräte, insbesondere des Aufsichtsratsvorsitzenden, aufmerksam zu, bekennen spontan, dass sie alles gut verstanden haben, bedanken sich rührend für die wertvollen Vorschläge und machen ungerührt das, was sie schon immer gemacht haben oder machen wollten.[43] Sie lassen sich selbst durch

---

42 Siehe dazu u. a. *Kuttelfleck*, Die Aussagekraft des gestützten und des ungestützten Bekanntheitsgrades für die Messung des Werbeerfolgs, Hamburg 1992, S. 514 ff.

43 *Kindelmacher*, Renitenz als Kompetenzersatz, in *Derblecker (Hrsg.)*, Der Manager auf der Ledercouch, Frankfurt 1998, S. 319 ff.

Tatsachen nicht verwirren,[44] so dass der Aufsichtsrat keine echte Handhabe gegen sie hat.

Solange an der Fortführung des Unternehmens aus dem berufenen Mund der Aufsichtsräte, Kreditgeber oder Wirtschaftsjournalisten keine ernsthaften Zweifel geäußert werden, genügt der enorme Erfahrungsschatz auslaufender Topmanager für ihre Wiederbestellung.[45] Managementerfahrung besteht darin, dass man einen Fehler sofort erkennt, wenn man ihn wiederholt, und dass man durch wiederholte Fehler viel Erfahrungen gesammelt hat.

### *b) Der Überwachungskomplex*

Obwohl der Aufsichtsrat bis auf den Vorstand nichts zu bestellen hat, soll er die Geschäftsführung des Vorstandes *unverdrossen überwachen.* Verdrießlich für den Vorstand ist, dass er sämtliche dazu notwendigen Informationen zu lie-

---

44 Gute Beispiele finden sind bei *Heger-Leidmann,* Eingeschränkte Begabungen – Überlebenshilfen für ehrgeizige Führungskräfte, 3. Auflage, Stuttgart 1998.

45 Über die Wiederbestellung darf frühestens 12 Monate vor Ablauf der Amtszeit entschieden werden, sodass höchstens 12 Monate für den Vorstand zur Besserung und für die Aufsichtsräte zur Reue bleiben.

fern hat. Dies erfordert viel Fingerspitzengefühl. Aussagekraft oder Aktualität der Informationen dürfen den Aufsichtsrat nicht in Panik versetzen.

Jeder erfahrene Manager weiß: Kontrolle ist gut, aber Transparenz liefert ans Messer.[46] Um die Überwachung einigermaßen schmerzfrei ausführen zu lassen, wird ein sensibler Vorstand über nennenswerte Probleme erst berichten, wenn die Aufsichtsräte oder alle Kredite erschöpft sind. Er wird die Darstellung betriebswirtschaftlicher Zusammenhänge vermeiden, um nicht frühzeitige Erkenntnisse zu provozieren. Damit können die üblichen Unternehmenskrisen ungestört zur Katastrophe heranreifen.[47]

Bei der Überwachung hängt der unabhängige Aufsichtsrat voll von den Informationen der Geschäftsführung ab. Dabei kann sich der alerte Vorstand darauf verlassen, dass Aufsichts-

---

46 *Hörwarth,* Sinn und Schrecken des Controlling, 7. Auflage, Hamburg 1998, S. 3.

47 Fortschrittliche Politiker und Spitzenfunktionäre lösen Krisen durch Katastrophen. Ein klassisches Beispiel lieferte die ökaotische Steuerreform der rotgrünen Koalition im ausgehenden 2. Jahrtausend. Vgl. *Grünewolt,* Die Reform der Krise, Berlin 1998.

räte genetisch gehemmt sind,[48] überwachungsgerechte Informationen zu verlangen. Hinzu kommt, dass die Aufsichtsräte durch die Monotonie der laufenden Berichterstattung so apathisch gestimmt werden,[49] dass sie während ihrer Amtszeit in einem unauffälligen Dämmerzustand verharren. Die Kontinuität der Unternehmensführung und ihre störungsfreie Überwachung werden so gewahrt.

Die traditionelle *Informationsschwelle* ist im Allgemeinen so hoch angelegt, dass auch ungewöhnliche Geschäftsvorfälle nicht ungewohnt behindert werden. Mit anderen Worten: Informationen werden an den Aufsichtsrat in erlesenen Stichproben verteilt. Getreu der Maxime erfolgreicher Unternehmensberater *Form over Substance*[50] werden die Spät- oder Auslesen in

---

48 Eine Enthemmung ist allerdings nicht zu erwarten, nachdem gentechnisch behandelte Speisekartoffeln aus den Vorstandskasinos verbannt wurden. Fotogenetische Versuche mit Spitzenkräften mussten auf Protest von Naturschützern abgebrochen werden. Vgl. *Wollschleger,* Gentechnologie heute, Frankfurter Allgemeine Zeitung vom 29. 2. 1999, S. 8.

49 *Alker-Seltzer,* Managementberichte als Droge, Medizynische Wochenschrift, 1994, Heft 4, S. 18 ff.

50 Zur Herkunft und Bedeutung dieses Grundsatzes siehe *von Lappritz,* Etikette als Wirtschaftsfaktor, Wiesbaden 1984, S. 162 ff.

ansprechender Verpackung in sedativ wirkenden Dosen verabreicht.[51]

Ungewöhnliche, d. h. entscheidungswillige Aufsichtsräte erschweren die ohnehin mühsame Geschäftsführung durch einen *Katalog zustimmungspflichtiger Geschäfte*. Abgesehen von bewährten Methoden zur Umgehung etwaiger Genehmigungsgrenzen,[52] besteht der geschickte Umgang mit den Genehmigungspflichten darin, die Entscheidungsunterlagen bis zur unkritischen Verständnislosigkeit so zu kondensieren, dass die Aufsichtsräte, die keineswegs als begriffsstutzig gelten wollen, spontan zustimmen. Das stärkt das Bewusstsein, als Aufsichtsrat über wichtige Dinge zu entscheiden, während sonst der gesunde Menschenverstand entscheidet.

Aufsichtsräte sind dazu verdammt, die ihnen jeweils anvertrauten Unternehmensgeheimnisse *streng vertraulich* zu behandeln. Das ist bei dem allgemeinen Mitteilungsdrang, der prominente Personen auszeichnet, keine leichte Zumutung. Pflichtbewussten Aufsichtsräten

---

51 M. a. W.: Alter Wein in neuen Schläuchen. Siehe auch *Johnson*, Guide without Guidance, Londen 1995.

52 Hierauf kann in einem ernsthaften und praxisorientierten Beitrag nicht eingegangen werden.

gelingt die Vertraulichkeit am ehesten dann, wenn sie wissen, dass ein Geheimnis gar kein Geheimnis ist.[53]

### *c) Reservierte Zukunftsorientierung*

Topmanager dürfen nicht tiefsinnig grübeln, sondern müssen weit vorausblicken. Die tatsächliche Entwicklung des Unternehmens darf diese Öffnung der Horizonte[54] nicht verhindern und den steten Blick in die Zukunft nicht trüben, denn die Realität der tatsächlichen Entwicklung ist bereits Vergangenheit. Topmanager glauben daher unerschütterlich an die Unternehmensplanung. Widrige Ist-Daten fechten sie nicht an.

Dennoch scheut sich der seherisch begabte Vorstand, seine Planvorstellungen dem Aufsichtsrat zu bekennen, obwohl der Gesetzgeber verlangt, dass der Vorstand dem Aufsichtsrat über *grundsätzliche Fragen der Unternehmensplanung*[55] berichtet. Diese wohl überlegte Geset-

---

53 *Wolper/Dinger,* Geheimhaltung und Postenhalterei im auslaufenden 20. Jahrhundert, München 1997, S. 214.

54 Zitiert nach *Reifeisen,* Der neueste Rand der Erkenntnisse, Heidelberg 1996, S. 9.

55 § 90 Abs. Nr. 1 AktG in der Fassung des KonTraG.

zesformulierung verzichtet auf die Bloßstellung der mehr oder weniger unvollständigen Unternehmensplanung. Ihr Plansinn hat Methode, denn die Beschränkung auf grundsätzliche Fragen bewahrt den pflichtbewussten Vorstand davor, gegenüber dem Aufsichtsrat konkret werden zu müssen.

Die Scheu der Aufsichtsräte vor der zukünftigen Entwicklung des Unternehmens hat einsichtige Gründe. Die meisten Unternehmen haben eine systematische Unternehmensplanung erst in den letzten vier Jahrzehnten des ausgehenden zweiten Jahrtausends entwickelt. Eine vorsichtig agierende Unternehmensleitung, die der Überlebensfähigkeit hohe Priorität einräumt, akzeptiert *moderne Planungskonzepte* erst dann, wenn sie durch professionelle Unternehmensberater total verunsichert worden ist.

Dieser Prozess wird in der Schwebe gehalten. Kein Vorstand will mehr als total verunsichert sein, und kein Beratungsprofi wagt, seine universellen Erfolgsrezepte einer praktischen Erprobung auszusetzen. Die für alle Beteiligten riskante Anwendung systematischer Planung wird daher durch die permanente Vorlage und Diskussion neuer, im Modetrend liegender Konzepte vermieden.

In ein solch *schwebendes Verfahren* darf ein sozial gesinnter Aufsichtsrat natürlich nicht eingreifen, wenn er das Leistungsprinzip nicht übertreiben will. Es wäre höchst demotivierend, wenn der Aufsichtsrat Lernfortschritte der Unternehmensleitung kontrollieren wollte. Solange nicht bewiesen ist, dass die Realität phantasievoller ist als die Unternehmensplanung, sollte der Aufsichtsrat seine Auseinandersetzung mit der Unternehmensplanung gelassen angehen und wie bisher die Unternehmenskrisen entschlossen abwarten.

### *d) Prüfung des Jahres- und Konzernabschlusses*

Der Aufsichtsrat hat den von der Gesellschafter- oder Hauptversammlung gewählten Abschlussprüfer mit der Prüfung des Jahres- und Konzernabschlusses zu beauftragen. Beim *Prüfungsauftrag* wird ihm das Topmanagement fürsorglich die Hand führen, damit durch die Abschlussprüfung kein wichtiges Organ verletzt wird. Der Vorstand wird sich wie gewohnt um eine geräuscharme Abwicklung der Abschlussprüfung kümmern und die altbewährte Schlussbesprechung mit dem Abschlussprüfer dazu nutzen, um den Prüfungsbericht zu sterilisieren. Dabei wird zugleich der traditionelle Ablass für Sünden gegen die

Grundsätze der Rechnungslegung zwischen Vorstand und Abschlussprüfer ausgehandelt.[56]

Schon lange gehört es zu den ungeheuren Herausforderungen der Aufsichtsräte, den Jahresabschluss des Unternehmens zu prüfen. Als untaugliches Instrument stand, teilweise unter unsäglich erschwerten Bedingungen,[57] und steht ihnen nunmehr uneingeschränkt der *Bericht des Abschlussprüfers* zur Verfügung. Die wiederholt versuchten Leseproben mutiger Einzelgänger wurden immer schnell abgebrochen, weil die Prüfungsberichte so angelegt sind, dass sie das Unerklärliche der Rechnungslegung unverständlich erklären.

Der normale Aufsichtsrat kann seine Prüfungspflicht nur dadurch verkraften, dass er den Erläuterungen des Vorstandes und dem Testat des Abschlussprüfers vertraut, ohne Jahresabschluss und Prüfungsbericht zeitraubend zur Kenntnis zu nehmen.

---

56 In Anlehnung an die päpstliche Bulle *Incarnationis Mysterium* überlegt das Institut der Wirtschaftsprüfer für das Jahr 2000 einen vollkommenen Jubiläumsablass.

57 Angekettete Berichtsexemplare konnten in Klosterzellen ähnlichen Studierstuben des Unternehmens zu bestimmten Zeiten eingesehen werden. Abschriften und Kopien von den Unterlagen waren streng untersagt.

Wenn nun dem Aufsichtsrat auch noch die *Prüfung des Konzernabschlusses* aufgehalst wird,[58] gerät er an den Rand der für Aufsichtsräte typischen Nebentätigkeit. Denn im Vergleich zum Jahresabschluss verwirrt der Konzernabschluss auf höherem Niveau. Er potenziert die Ungereimtheiten der Einzelabschlüsse; man nennt das Konsolidierung. Die Berichte des Konzernabschlussprüfers enthalten infolgedessen zusätzlich zur Unbegreiflichkeit der Einzelabschlüsse die Konfusion durch die Konsolidierung.

Viele Aufsichtsräte beherrschen die *Kunst der virtuellen Abschlussprüfung*. Sie besteht darin, den Jahres- oder Konzernabschluss und das Prüfungsergebnis des Abschlussprüfers zustimmend zur Kenntnis zu nehmen, ohne diese Unterlagen gelesen zu haben.[59]

Damit sich Vorstand und Aufsichtsrat bei der Verabschiedung des Jahres- und Konzernabschlusses nicht allein auf die Schulter klopfen, ist die Anwesenheit des Abschlussprüfers in der *Bilanzsitzung* des Aufsichtsrates vorgese-

---

58 Auch diese überfällige Belastung geht auf das KonTraG zurück.

59 So schon *Zappen/Duster*, Die virtuelle Abschlussprüfung, Düsseldorf 1982.

hen. Die bewährte Tradition, dass der Vorstand den Jahres- und den Konzernabschluss als Zeugnis erfolgreicher Tätigkeit interpretiert, soll durch die Duldung höflicher Anmerkungen des Abschlussprüfers objektiviert werden.

## 6. *Die Aufsichtsratssitzung*

### *a) Die Aufsichtsratsversammlung*

Als Aufsichtsratsversammlung soll das *körperliche Zusammentreffen mehrerer Aufsichtsräte* bezeichnet werden, das durch ihre Funktion veranlasst ist. Dazu gehören neben der eigentlichen Aufsichtsratssitzung alle sie umgebenden Rahmenveranstaltungen, bei denen die Aufsichtsräte zwar nicht persönlich, aber doch selbst anwesend sind. Sie erfordern insbesondere bei paritätisch besetzten Aufsichtsräten mehr Zeitaufwand als die eigentliche Sitzung.

Das *Ritual der aufgeklärten Mitbestimmung*[60] verlangt vor der eigentlichen Aufsichtsratssitzung getrennte Vor-Sitzungen der Anteilseigner und der Arbeitnehmervertreter. Hier werden anstehende Sachfragen und Entscheidungen vom Vorstand zielgruppenorientiert vorgetragen, damit sie von einsichtigen Auf-

---

60 Siehe dazu *Vetter/Röster*, Gewerkschaftliches Brauchtum als Stabilitätsfaktor, 3. Auflage, Köln 1996.

sichtsräten bis zur ultimativen Kompromisslösung debattiert werden können. Vertrauenswürdige Boten klären die Kompromissbereitschaft der abwesenden Aufsichtsratsgruppe iterativ ab, damit die unvermeidbare Sitzung des Gesamtaufsichtsrates zügig abgewickelt werden kann.

Für Krisensituationen empfehlen Penner der Szene, Vorbesprechungen und Aufsichtsratssitzung jeweils nach einem opulenten Mahl anzusetzen. Ein voller Bauch moniert nicht gern.[61]

### *b) Frequenz und Dauer der Sitzungen*

Die Aufsichtsräte überwachen im Geheimen und in Sitzungen die Geschäftsführung. In der Regel werden die Aufsichtsräte pro Jahr durch zwei bis vier Sitzungen abgehalten.[62] Die übliche *Frequenz* der Aufsichtsratssitzungen unterschreitet zwar oft das gesetzliche Soll, die

---

61 *Al Kali,* Weisheiten des Orients (deutsche Übersetzung von Untaeter), Hamburg 1978.

62 *Theisen,* Zur Reform der Aufsichtsräte, in *Dörner u. a. (Hrsg.),* Reform des Aktienrechts, der Rechnungslegung und Prüfung, Stuttgart 1999, S. 217 m. w. N., konstatiert als Extrem sogar bis zu fünf Sitzungen.

gewöhnliche Sitzungsdauer beträgt jedoch höchstens drei Stunden.

Für mehr oder längere Sitzungen reichen die vom Vorstand gegebenen Informationen nicht aus. Die angestrebte Erhöhung der Sitzungsfrequenz der Aufsichtsräte könnte daher nur durch eine Verkürzung der Sitzungsdauer erreicht werden. Dadurch würde sich aber das Verhältnis von Sitzungs- und Reisedauer erheblich verschlechtern und den Gesamtzeitaufwand empfindlich erhöhen. Da die Nebentätigkeit als Aufsichtsrat in privilegierten Kreisen so weit verbreitet ist, dass sie nur zu Lasten anderer Hobbys ausgedehnt werden kann, würde eine *höhere Sitzungsfrequenz* zu einer kulturellen Verödung führen.

Zur *Linderung der Inhaltsleere* einer Aufsichtsratssitzung können vereinzelte ausländische Aufsichtsräte, wenn sie der deutschen Amtssprache nicht mächtig sind oder sein wollen, recht hilfreich sein. Die notwendige Übersetzung aller Vorträge, Fragen und Antworten und das übersetzungshalber verzögerte Sprechen der Vortragenden verlangsamen den Ablauf der Aufsichtsratssitzung außerordentlich und steigern die Konzentrationsschwäche der Aufsichtsräte beträchtlich. Diese Vorteile gleichen etwaige Mehrkosten für Dolmetscher u. a. m. leicht aus. Das Vakuum der schleppenden Referate wird, insbesondere bei simultaner Übersetzung, durch einen höheren Geräuschpegel kompensiert. Auch sonst wird wenig Unheil angerichtet, denn die ausländischen Aufsichtsräte fühlen sich in ihrem negativen Vorurteil gegen das deutsche Verwaltungssystem bestätigt.[63]

Im Übrigen hängt die anzusetzende Sitzungsdauer nicht vom Themenkatalog, sondern von der allgemeinen *Terminnot der Aufsichtsräte* ab. Anfang und Dauer der Aufsichtsratssitzung werden von unumstößlichen Abflug- und Abfahrzeiten der Aufsichtsräte bestimmt, die wieder ihren Haupttätigkeiten und sonstigen Liebhabereien nachgehen wollen.

Bei prominenter Besetzung des Aufsichtsrates – eine andere gibt es praktisch nicht – wird der Sitzungsablauf durch das *Gleitzeitmodell* bestimmt. Prominente Aufsichtsräte, die pünktlich zur Sitzung erscheinen, sind auch sonst nicht zuverlässig. Insofern fängt eine gut orga-

---

63 Sie übersehen dabei völlig, dass das von ihnen bevorzugte Boardsystem auch nicht besser ist; es lässt sich aber mit solchen Vorurteilen leichter ertragen.

nisierte Aufsichtsratssitzung bereits an, wenn neben dem Vorsitzenden mehr als die Hälfte der Aufsichtsräte erschienen ist. Bei überragender Prominenz beansprucht allerdings der Vorsitzende das Privileg, als Letzter zur Sitzung zu erscheinen.

Illustre Aufsichtsräte verlassen die Sitzung vor dem festgelegten Ende, sodass der befangene Beobachter an die Abschiedssymphonie von Haydn erinnert wird. Je kürzer die Aufenthaltsdauer während der Sitzung, um so bedeutsamer wirkt der Aufsichtsrat. Ausgenommen von dieser Regel ist nur der Vorsitzende, der die Aufsichtsratssitzung vom verspäteten Anfang bis zum offiziellen Ende leiten muss.[64]

### *c) Dramaturgie der Aufsichtsratssitzung*

Damit die Tätigkeit des Aufsichtsrates nicht zur Routine ausartet, beschränkt sich die Dauer der Aufsichtsratssitzung – wie schon erwähnt – auf maximal drei Stunden. Innerhalb des Zeitlimits ist der Sitzungsablauf dramaturgisch so zu inszenieren, dass die gemeinen

64 Einfühlend dazu *Gutbrod,* Die lange Leitung des Aufsichtsratsvorsitzenden, Wiesbaden 1997.

Aufsichtsratsmitglieder während der gesamten Sitzungsdauer stillschweigend ausharren.

Wie andere *klassische Tragödien* gliedert sich die Aufsichtsratssitzung in fünf Akte. Nach dem Prolog mit Begrüßung und Entschuldigungen für Abwesenheiten wird im ersten Akt das Protokoll der letzten Sitzung korrigiert und genehmigt. In einem kurzen Zwischenspiel werden die Vorstandsmitglieder des Raumes verwiesen, damit im zweiten Akt die vom Präsidium des Aufsichtsrates beschlossenen Personalia erwähnt werden können.

Im dritten Akt betritt wieder der Vorstand die Bühne, und es folgt als retardierendes Moment der Bericht des Präsidiums über andere wichtige Beschlüsse – knapp, aber unpräzise. Dabei wird auch über die Genehmigungen von Geschäften berichtet, die wegen besonderer Geheimhaltung dem Aufsichtsratsplenum nicht zugemutet werden können.[65]

Im vierten Akt lässt sich der Vorstand über die Geschäftsentwicklung in älterer Vergangenheit aus, um die zur Erhöhung der Spannung notwendige Verwirrung zu stiften. Aktuellere

---

65 *Wolper/Dinger*, a. a. O., S. 187.

Informationen konnten aufmerksame Aufsichtsräte bereits der Tagespresse entnehmen. Der Ablauf der Handlung wird durch flachdienliche Hinweise und Fragen vorangetrieben, die weder den Fragesteller blamieren, noch den Vorstand in Verlegenheit bringen dürfen. Schließlich entspricht es der Eigenverantwortung des Vorstandes, ob und wie er Fragen der Aufsichtsräte beantwortet.[66]

Konkrete Fragen zur Unternehmensentwicklung oder zu genehmigungspflichtigen Projekten wären dem globalen Denken des Vorstandes nicht adäquat. Verdiente Aufsichtsräte denken ebenfalls in weltumspannenden Dimensionen. Sie stellen keine Fragen, sondern äußern weltgewandte Statements.

Damit ist die Grundlage gelegt für den dramatischen Kulminationspunkt im fünften Akt: die Übereinkunft über *künftige Sitzungstermine*. Unerwartet spritzige Dialoge, die z. B. dadurch ausgelöst werden, dass einflussreiche Aufsichtsratsmitglieder ihren Terminkalender nicht zur Hand haben, beenden die Götterdämmerung der bisherigen Szenen schlagar-

---

66 Nach dem Aktienrecht leidet der Vorstand in eigener Verantwortung (§ 76 Abs. 1 AktG).

tig. Der u. U. sogar tumultartige Abstimmprozess wird endlich durch das erlösende Schlusswort des Aufsichtsratsvorsitzenden beendet. Unter Beifall begeben sich dann die restlichen Teilnehmer zum Aperitif oder auf Reisen.

### *d) Äußere Vorbereitungen*

Zur erfolgreichen Aufführung jeder Aufsichtsratssitzung gehört ein angemessener äußerer Rahmen. *Corporate Design* ist wichtiger als Corporate Governance[67]. Eine gediegene Ausstattung des Sitzungsraumes mit schallschluckenden Teppichen, bequemen Sesseln, anheimelnder Beleuchtung und Temperatur verhelfen zu jener entspannten Atmosphäre, in der die Aufsichtsräte ihre Überwachungsaufgabe mit der gebotenen Gelassenheit vernachlässigen können. Weihrauch und gedämpfte Musik sind noch zu ungewöhnlich, um ihre allgemeine Anwendung vorbehaltlos anraten zu können.[68]

Kaum zu überschätzen ist die Bedeutung der

---

67 Siehe dazu *Hakelmacher*, Corporate Governance oder die korpulente Gouvernante, WPg 1995, S. 245.

68 Besonders bossige Spitzenleute behelfen sich mit dem Rauch dicker Zigarren. Husten- oder Tränenreiz entlarven schwächliche Aufsichtsräte.

*Sitz-Ordnung für Aufsichtsräte (SOFA).* Während die herausragende Positionierung des Vorsitzenden und seines Stellvertreters verhältnismäßig wenig Kopfzerbrechen bereitet, bleibt die schwerwiegende Abwägung, ob die übrigen Aufsichtsräte nach Bänken oder Rudelzugehörigkeit, nach dem Alphabet oder nach ihren Seh- und Hörvermögen platziert werden sollen. Eine Sitzweise nach dem Zeitpunkt des Erscheinens der Aufsichtsräte verbietet das ungeschriebene *Gesetz der Sitzstetigkeit.*[69]

Jede Sitzordnung weist situationsbedingt Vor- und Nachteile auf,[70] die es bei der erstmaligen Festlegung abzuwägen gilt. Sie kann Konfrontation, Solidarisierung, Opposition oder Unsicherheit fördern oder abbauen.

Manipulationen der SOFA sind nur in begründeten Ausnahmefällen gestattet, z. B. bei Zusammenbruch der Sitzmöbel, eines Aufsichtsrates oder des Unternehmens.
Unentschlossenheit oder Rebellion der Auf-

---

69 Dieses Gesetz wird erstmals erwähnt bei *Fallbeil,* Wer einmal schon gesessen hat, München 1962, S. 121: Da hocke allweil die, die immer da hocke.

70 *Strenger,* Sitzordnung für Aufsichtsräte (SOFA), 14. Auflage, Opladen 1997, S. 1251 ff.

sichtsräte dürfen keinesfalls begünstigt werden. Als Entlastungsstrategie wird eine variable Platzzuteilung beim obligatorischen Festmahl empfohlen.

### *e) Innere Wappnung der Aufsichtsräte*

Die *Berichterstattung* des Vorstandes an den Aufsichtsrat sollte kontinuierlich und wohl temperiert erfolgen. Vortrefflich eignet sich dazu eine zurückgenommene Zeitnähe der Informationen. Um jegliche Verwirrung der Aufsichtsräte zu vermeiden, sollten mündliche und schriftliche Berichte über das gleiche Thema stets wörtlich übereinstimmen.

Dieser geschlossene Sprachvollzug gilt auch für Vorträge in aufeinander folgenden Vorbesprechungen und Sitzungen. Jeder Aufsichtsrat freut sich, wenn er schon längst Bekanntes erfährt und eingängige Textpassagen wieder erkennt.

Obwohl die mündliche Berichterstattung des Vorstandes abstrakt und unverbindlich bleibt, wird der Aufsichtsrat auf möglichst detaillierten *Sitzungsunterlagen* bestehen. Damit dokumentiert er seine Überwachungsbereitschaft. Schriftliche Unterlagen erleichtern die Vervollkommnung der vorgefertigten Protokolle. Der für sämtliche Lagen des Unternehmens und damit auch für Unter- und Vorlagen verantwortliche Vorstand tut gut daran, folgende Grundsätze zu beherzigen.

Frühzeitiges *Versenden von Sitzungsunterlagen* zeugt von Gedankenlosigkeit, denn die Unterlagen können von den Empfängern leicht verlegt werden oder auch sonst in unrechte Hände geraten. Daher werden wichtige Unterlagen den Aufsichtsräten erst so spät zugestellt, dass sie diese allenfalls auf dem Weg zur Sitzung zur Kenntnis nehmen können.[71] Dann ist ihr Inhalt noch frisch in Erinnerung. Allerdings besteht die Gefahr, dass solche Unterlagen im Flugzeug oder auf ähnlich öffentlichen Plätzen liegen gelassen werden. Sie sollten daher keine nützlichen Informationen enthalten.

Zur Wahrung von Betriebsgeheimnissen sieht der umsichtig handelnde Vorstand von der Versendung von Unterlagen überhaupt ab. Stattdessen bevorzugt er umfangreiche *Tischvorlagen*. Sie wirken aktueller und unterstrei-

---

71 Wie *Schindler* (Die Sekundärlektüre in öffentlichen Verkehrsmitteln, Frankfurt 1997, S. 472) anschaulich schildert, lässt sich die Lektüre vertraulicher Unterlagen am besten beim Sitznachbar im Flugzeug beobachten.

chen die Dringlichkeit der zu behandelnden Angelegenheit. Ihre Lektüre erweist sich als zu zeitaufwendig, um notwendige Beschlussfassungen aufhalten zu können. Damit kann die Aussprache so flach gehalten werden, wie man sich in der modernen Managementlehre die Unternehmenshierarchie wünscht.[72]

Die von jeder Vorlage überraschten Aufsichtsräte sind im Grunde dankbar, dass ihnen überhaupt schriftliche Unterlagen anvertraut werden. Sie können dann entscheiden, ob sie diese nicht lesen, weil sie den mündlichen Vortrag des Vorstandes auch nicht für lebendiger halten, oder ob sie den Ausführungen des Vorstandes nicht zuhören wollen, weil sie diese in Notfällen nachlesen können. In jedem Fall ist gesichert, dass die Unterlagen in unbenutztem Zustand archiviert werden können.

Die strenge Selbstdisziplin, die den aufs Zuhören beschränkten Aufsichtsräten in jeder Sitzung abverlangt wird, lässt sich nur mit gewissen Entlastungstherapien durchhalten. Allgemein beliebt ist die Beschäftigung mit Pa-

---

72 U. a. *Boss Consulting (Hrsg.),* Die Verflachung der Managementebenen, Düsseldorf 1992; *Flachser,* Die Untiefen der Unternehmensführung, München–Wien 1995.

pieren, die nichts mit der Tagesordnung der Aufsichtsratssitzung zu tun haben. Die Benutzung von Handys und CD-Playern während der Aufsichtsratssitzung ist derzeit noch verpönt.

Da stark beanspruchte Aufsichtsräte erst bei Sitzungsbeginn realisieren, auf welcher Veranstaltung sie sich befinden, mangelt es ihnen oft an geeignetem *Spielmaterial.* Vorausdenkende Vorstände machen sich daher den Spieltrieb der Aufsichtsräte zu Nutze, indem sie die spärlichen Sitzungsvorlagen durch innovative Aufmerksamkeiten wie Füllhalter mit Radio oder Feuerzeug mit Reisewecker bereichern. Das Studium der meist in fernöstlichen Sprachen verfassten Gebrauchsanweisungen verlangt weit mehr Aufmerksamkeit als alle Sitzungsunterlagen und -vorträge. Der unwiderstehliche Drang, die komplizierte Verpackung zu öffnen und dann die unbekannten Bedienungsknöpfe zu betätigen, belebt mit unerwarteten Folgen jede Aufsichtsratssitzung.

Aufsichtsräte werden, soweit die Anteilseigner das dürfen, von der Hauptversammlung gewählt. Es ist daher recht, wenn auch nicht ganz billig, wenn sie an der Hauptversammlung teilnehmen sollen. Da geteilte Freude doppelte Freude ist, sollen die Arbeitnehmervertreter im Aufsichtsrat die schier unmenschlichen Anstrengungen, die den Aufsichtsräten durch die *Anwesenheit* in der Hauptversammlung abverlangt werden, mit den Anteilseignervertretern zu teilen.

Der *Vorsitzende des Aufsichtsrates,* der die Hauptversammlung leitet, darf als einziger Aufsichtsrat in der Versammlung zwar das Wort, aber nicht die Gelegenheit ergreifen, um einem dringenden Bedürfnis außerhalb des Versammlungsortes nachzukommen.[73]

Die übrigen Aufsichtsräte müssen stillschweigend im Rampenlicht sitzen, mit dem die Organe der Gesellschaft während der mehrstündigen Veranstaltung unentwegt bestrahlt

---

73 Zu Risiken und Nebenwirkungen wird auf die Sitzungsbeilagen verwiesen oder man bemüht einen Arzt oder Apotheker.

werden. Um bei den Aktionären einen guten Eindruck zu hinterlassen, sollten die Aufsichtsräte von Zeit zu Zeit erwartungsvoll in das Rampenlicht blicken, als suchten sie Erleuchtung von den dahinter sitzenden Aktionären.

Den zum Schweigen verurteilten Aufsichtsräten sind zwar kurze Austritte vergönnt, doch für die längste Zeit bleiben unterdrücktes Gähnen[74] und die unauffällige Suche nach einer von den Aktionären tolerierten *Selbstbeschäftigung*. Zu empfehlen sind beliebige Akt- oder Aktenstudien, wenn Ausrufe des Entzückens oder Bedauerns unterdrückt werden. Beliebt sind das Zeichnen von Strichmännchen oder das Schreiben belangloser Notizen.[75] Beim Lesen von Boulevardzeitungen und anstößigen Magazinen ist darauf zu achten, dass beim Umblättern nicht ihr enthüllender Charakter offenkundig wird.

Die Vorträge der redeberechtigten Hauptversammlungsteilnehmer lenken bei ruhigem

---

74 *Sumsemann*, Fortschritte in der Gähntechnik, Frankfurt 1999.

75 Das Gerücht, das vorliegende Werk sei in Grundzügen während einer Hauptversammlung des Libelle Verlags entstanden, entbehrt jeder Grundlage *(Der Verlag)*.

Verlauf der Hauptversammlung kaum von dem stumm zu ertragenden Sitzkrampf ab. Selbst die Polemik der sogenannten kritischen Aktionäre verliert wegen ihrer ständigen Wiederholung rasch an Unterhaltungswert.[76]

Die Behauptung, dass die Aufsichtsräte zur Belebung der Hauptversammlung bewusst Unternehmenskrisen heranreifen lassen, ist eine bösartige und nicht bewiesene Unterstellung. Aufsichtsräte bemerken kritische Entwicklungen tatsächlich erst dann, wenn sie auch in der Öffentlichkeit nicht mehr zu übersehen sind.

---

76 Wiederholte Forderungen lauten z. B.: Stoppt Tierversuche, nehmt Manager; Pflanzen statt Bilanzen oder Kröten statt Knete.

## *7. Der Umgang mit Aufsichtsräten*

### *a) Generelles Verhalten*

Der Umgang mit Aufsichtsräten will gelernt sein. *Alle Mitarbeiter* des Unternehmens sind aufgefordert, den Aufsichtsräten zu keiner Zeit und unter keinen Umständen das Gefühl zu geben, sie seien nur zufälliger Besucher. Pförtner, Empfangsdamen und andere unentbehrliche Angehörige des Unternehmens, die dem Anblick bedeutender Aufsichtsräte ausgesetzt sind, müssen entsprechend geschult und angewiesen werden.

Ein um Selbsterhaltung bemühter *Vorstand* wird versuchen, die Aufsichtsräte so zu erziehen, dass sie ihren Aufgaben in Milde nachkommen, ohne anzuecken oder zu verzweifeln. Aufsichtsräte müssen von Beginn ihres Aufsichtsratsdaseins an daran gewöhnt werden, dass sie den Vorlagen und Erläuterungen des Vorstandes blind vertrauen. Daher bleibt der Vorstand gegenüber dem Aufsichtsrat in seinen Motiven rätselhaft und in seinen Äußerungen kontinuierlich diffus. Er wird aber stets den Rat der Aufsichtsräte einzuholen, schon deshalb, um ihn nicht zu befolgen.

### *b) Umgangsregeln*

Die pädagogische Herausforderung besteht für den Vorstand darin, dass die Aufsichtsräte von den Erziehungsversuchen nichts merken dürfen. Dazu sollte er die folgenden Regeln beherzigen.[77]

1. *Nie widersprechen!* Widerspruch würde beim Aufsichtsrat Zweifel an seiner Unfehlbarkeit auslösen. Der Vorstand muss nicht alle Fehler selbst machen, er sollte auch dem Aufsichtsrat eine Chance lassen.

2. *Nie etwas besser wissen!* Belehrungen jeglicher Art sind mit dem Weltbild des Aufsichtsrates nicht zu vereinbaren. Der feinfühlige Vorstand überlässt es dem Aufsichtsrat selbst, durch Einsicht zu besseren Erkenntnissen zu kommen.

---

77 In Anlehnung an die von *Burger/Fischer/Riehl-Heyse* empfohlenen Richtlinien zur Preußenerziehung in Bayern (Bayerns Preußen sind die besten, München 1979, S. 71 f.).

3. *Nie etwas mit Argumenten begründen!* Aufsichtsräte haben kraft Amtes die besseren Argumente.

4. *Auch Unmögliches selbstsicher vortragen!* Aufsichtsräte mögen unbeirrbare Bosse. Wenn etwas einleuchtend ist, halten sie es für richtig.

5. *Immer nur staunen und bewundern!* Aufsichtsräte glauben nicht an Wunder, sie verlassen sich darauf. Wenn Aufsichtsräte den Vorstand an ihrem Wissen teilhaben lassen, sollte er ihnen mit anerkennenden Worten helfen, sich auf die Schulter zu klopfen.

6. *Schlafende Aufsichtsräte nicht wecken!* Geschlossene Augen sind Ausdruck erhöhter Konzentration oder meditativer Versenkung, aber keineswegs Anzeichen einer Amtsmüdigkeit. Den Aufsichtsräten selbst bleibt es überlassen, schnarchende Kollegen zu geräuschloser Konzentration zu mahnen.

### *c) Vergütungen für den Aufsichtsrat*

Obwohl ein guter Aufsichtsrat unbezahlbar ist, darf der Frage nach seiner Vergütung nicht ausgewichen werden. Die *unschätzbaren Verdienste* der Aufsichtsräte lassen sich kaum angemessen honorieren. Ein Vergleich mit der Honorierung von anderen Freiberuflern[78] zeigt aber, dass Aufsichtsräte in der Regel hoffnungslos unterbezahlt sind, zumal ihre Ratschläge selten befolgt werden.[79]

Die *Tantieme* stellt für die Aufsichtsräte das wichtigste, wenn auch unzulängliche Vergütungsmittel dar. Das Dilemma besteht darin, dass die Aufsichtsratstantieme in einem angemessenen Verhältnis zur Aufsichtsratstätigkeit und zur Lage des Unternehmens stehen soll. Bei guter Lage des Unternehmens ist der Umfang der Aufsichtsratstätigkeit relativ gering, sodass eine verhältnismäßig geringe Tantieme angebracht wäre. Bei kritischer Unternehmenssituation erwartet der unbedarfte Betrachter eine verstärkte Aufsichtsratstätigkeit, sodass eine höhere Tantieme angemessen wäre. Als pragmatischer Ausweg wird meist eine gleichbleibend mäßige Tantieme gewährt.

Eine zeitabhängige Tantieme verbietet sich, weil populäre Aufsichtsräte – wie der Leser

---

*78* Um nicht prüfen zu müssen, ob Aufsichtsräte Scheinselbständige sein können, wird hier von Freiberuflern gesprochen, was sie auch nur in Ausnahmefällen sind.

*79* Guter Rat ist teuer – jedenfalls dann, wenn man sich nach ihm richtet.

inzwischen weiß – nur wenig Zeit haben. Auch eine Tantieme, die an das Unternehmensergebnis anknüpft, ist problematisch, weil die Aufsichtsräte erst sehr spät damit überrascht werden und daher nicht rechtzeitig disponieren können.

Die zutreffende Bemessung der Aufsichtsratstantiemen wird noch komplizierter dadurch, dass die Tantiemen oft ganz oder teilweise an Dritte abzuführen sind, z. B. an die Hans-Boeckler-Stiftung, das Unternehmen des Aufsichtsratsmitglieds oder an die Gattin desselben. Fortschrittliche Unternehmen sorgen mit sogenannten *Sitzungsgeldern* für einen notdürftigen Ausgleich. Sie werden in bar den sonst dürren Sitzungsvorlagen beigefügt. Aus Taktgefühl werden sie vor Sitzungsbeginn diskret vereinnahmt, d. h. sie werden schamhaft, aber prompt eingesteckt.

## *8. Aussichten*

Aufsichtsräte üben ein hohes Amt aus, dessen Reserven noch längst nicht erschöpft sind. Auch künftige Generationen[80] werden daran noch zu knabbern haben.

*80* Im Urtext: *Genrationen.* Leider war der Autor wegen seiner dilatorischen Anwesenheitspflicht an diversen Aufsichtsratssitzungen über die Intentionalität dieser Wortfügung nicht rechtzeitig vor Drucklegung zu befragen. Wir folgen, wenn auch nicht ganz ohne Bedenken, dem Vorschlag unseres Korrektors. *(Der Verlag)*

# *Glossar für wissbegierige Aufsichtsräte*

Aufsichtsräte wissen zwar alles, können sich aber oft an vieles nicht erinnern. Zur Aktivierung ihres ungeheuren Wortschatzes soll das folgende Glossar dienen.

*Abschlussprüfung*
Dopingkontrolle der Rechnungslegung eines Unternehmens.

*Aktionär*
Der naive Teil einer Aktiengesellschaft.

*Aufsichtsrat*
(indianisch: Der auf Sicht ratet; häufiger Häuptlingsname). Hoch stehendes Organ, das vor allem bei Kapitalgesellschaften als sekundäres Geflechtsmerkmal prachtvoll entwickelt ist.

*Ausschuss*
Einrichtung zur Absorbierung von Kompetenz und Entscheidungsfreude.

*Bilanz*
Der Bikini des Unternehmens; er verbirgt das Interessanteste.

*Bilanzsitzung*
Brütezeit des Aufsichtsrates über dem Rechnungsgelege des Vorstandes.

*Controlling*
Mahnwesen zur Zielerreichung.

*Defizit*
Das Ergebnis, das man hat, wenn man weniger hat, als man hätte, wenn man gar nichts hat.

*Experte*
Jemand, der nervös wird, wenn sich in seine Ausführungen verständliche Sätze einschleichen.

*Finanzmanagement*
Versuch, die verloren gegangene Übersicht über die Finanzen eines Unternehmens wiederzugewinnen.

*Hauptversammlung*
Aufwendige Veranstaltung zur Beruhigung der Aktionäre.

*Holding*
(eigentlich Hohlding). Auf tönernen Füßen stehende Konzernorganisation.

*Internationale Rechnungslegung*
Vergebliche, durch Anglizismen erschwerte Suche nach der Bilanzwahrheit.

*Konzern*
(engl. concern = Sorge, Besorgnis). Besorgnis erregender Verbund von rechtlich selbständigen Unternehmen, dessen leidendes Element die lange Leitung ist.

*Konzernunternehmen*
Unternehmen, die nicht allein sein dürfen.

*Peter-Prinzip*
In einer Hierarchie neigt jeder Beschäftigte dazu, bis zur Stufe seiner Inkompetenz aufzusteigen.

*Planung*
Ersetzen des Zufalls durch zielorientierten Irrtum.

*Rechnungslegung*
Hauptzweck großer Kapitalgesellschaften. Zufallsbedingte mehrdeutige Darstellung der Vermögens-, Finanz- und Ertragslage des Unternehmens.

*Riskmanagement*
Die Entwicklung vom Top- zum Flopmanagement.

*Shareholder Value*
(engl.). Der Wert des Kapitaleigners aus Sicht der Verwaltung der Gesellschaft.

*Steuerbilanz*
Fiskalisches Zerrbild der Handelsbilanz.

*Strategische Planung*
Irrtum auf lange Sicht. Ersatzdroge für Topmanager.

*Überwachung*
Die Versuchung, einen strahlenden Planerfolg an der traurigen Wirklichkeit zu messen.

*Unternehmensberater*
Konsultante aus Hochschulabschluss und modischen Trends der Managementlehren.

*Vorstand*
Höchstbesoldete Einsicht im Unternehmen, die zwar oft im Irrtum, aber nie im Zweifel ist.

*Vorstandsvorsitzender*
Leid-Tragender der Berichterstattung an den Aufsichtsrat.

*Zielvorgaben*
Himmlische Maßstäbe für irdische Zustände.

# *Register*

# Hinweis auf unser Grundlagenwerk

**Sebastian Hakelmacher**
**Das Leoparden-Paradox**

**Grundlagen einer Managementbetriebslehre**

Nadelstreifenmäßiges Outfit, edel gebunden, 80 S.
Litzelstetter Libellen. Ziemlich Neue Folge *(ZNF)* Nr. 10
7.–10. Tsd. 1999 • ISBN 3-909081-22-3

Hakelmachers Werk erfüllt ein Desiderat auf dem Feld karrierebegleitender Ratgeber: Es geht mit schlagenden Beispielen und luziden Formulierungen der Frage nach, was höchstbezahlte Wesen in den Gipfelregionen der Konzerne zu finden hoffen und wie sie dorthin kommen. Schon das Motto weist die Richtung: *»Wer die Übersicht verloren hat, sollte wenigstens Entscheidungen treffen.«*
Die Studie beweist ihre empirische Genauigkeit bis hin zur Richtzahl für die Ausdehnung jener Vorstandskasinos, in denen Topmanager ihrer verzehrenden Tätigkeit obliegen.
Die Folgerungen aus dem Peter-Prinzip, aus Murphys und Parkinsons Gesetzen gerinnen öfter mal in Einsichten, die an Bildhaftigkeit nichts zu wünschen übrig lassen: *»Nur ein begnadeter Spitzenmanager besitzt genug illusive Kraft, um strategische Ziele von operativen Zwängen zu isolieren. Nur seinem Abstraktionsvermögen gelingt die Vorstellung, wie man einen Abgrund mit zwei Sprüngen überwindet.«*

*»Das Büchlein ist das passende Geschenk für Manager. Jedem Leser, der sich in der Wirtschaft auskennt, werden zu Hakelmachers amüsanten Bosheiten eigene Beispiele einfallen... Der Name ist ein Pseudonym, hinter dem sich ein Mann mit jahrzehntelanger Erfahrung als Wirtschaftsprüfer und Konzernvorstand verbirgt.«*
Jürgen Jeske, FAZ

**Libelle Verlag**

## Heinrich Stader
## Kurze Einführung in den Juristenhumor

220 S., dunkelgrüner Leinenband mit Goldprägung
Litzelstetter Libellen. Ganz Große Reihe *(GGR)* Nr. 1
Libelle Verlag • ISBN 3-909081-78-9

Schon der Titel »Kurze Einführung…« kommt mit einem Understatement daher, das vom Text mit seinen *493 Fußnoten* angenehm übertroffen wird. Da geht es in 9 Kapiteln um Kunst, Religion und anderes Okkultes, unlauteren Wettbewerb, Reisemängel und auch Speisen-und-Getränke-Recht.
Vor allem aber gilt der Suchblick des Autors jenem *status corruptionis* unserer juristischen Betriebsamkeit, der Anwälte, Richter & hoch gelehrte Verfasser von Kommentaren immer wieder in den sprachlichen Humor treibt. Die Frivolität im juristischen Alltag also, die dadurch entsteht, dass die »berufsmäßigen Bearbeiter fremden Ausnahmezustands« einfach nicht dauernd ernst bleiben können.
Unter den eindrücklich dokumentierten Praxisfällen verdienen besondere Aufmerksamkeit: Beuyssche Fettecke *(Seite 37 ff.)*, Hörsturz nach Heavy-Metal-Rock *(41 ff.)*, Onanieren im Windfang einer Kirche *(65 f.)*, Urheberrecht bei medialen Botschaften aus dem Jenseits *(69 f.)*, Hühnerimmissionen in Nudelwerbung *(102 ff.)* bzw. im Nachbarhof *(179 ff.)*, Geckos in hawaiianischen Hotelzimmern *(114 ff.)*, Schweizerfolklore in der Karibik *(121 ff.)*, Doppelbett im Schwarzwald *(127 ff.)*, temperierter Riesling im Sektkübel *(131 ff.)*, Rheinischer Karneval *(155 ff.)*, Kondom auf Sozialhilfe *(190 f.)*.

*»Heinrich Staders Kompendium, gebunden in grünes Leinen und reichlich mit Fußnoten angereichert, ist alles andere als eine Witzesammlung, es ist eine Morphologie des Daseins im Fettnapf, geboren aus dem Geiste der Melancholie.«* wfg, FAZ

*Dieser Band erscheint in einer Reihe, die 1980 begründet*
*und ab 1992 in runderneuerter Weise*
*als »ziemlich neue Folge« weitergeführt wurde:*
**Litzelstetter Libellen**
**Ziemlich Neue Folge (ZNF) Nr. 12**
**Abteilung Handbüchlein und Enchiridia**



*Gesetzt in der Palatino falconis im Sommer 1999*
*Gesamtherstellung: Pustet in Regensburg*

*1 2 3 4 5 6 7 05 04 03 02 01 2000 1999*

*ISBN 3-909081-24-X*